Carson McCullers

麦卡勒斯文集

Reflections in a Golden Eye

金色眼睛的映象

上海译文出版社〔美〕卡森·麦卡勒斯 著 孙胜忠 译

《麦卡勒斯文集》总序

孙胜忠

作为这套《麦卡勒斯文集》的译者之一，应《文集》责编宋玲女士之邀为其作总序，我感到既有义务也很荣幸。下文首先简介麦卡勒斯在文学史上的地位及其作品的接受情况和当下性，然后对麦卡勒斯小说逐一做个概述，以便读者对这套文集有个总体把握。在评介的基础上，我将进一步对麦卡勒斯的创作风格、作品的重要主题、小说之间的关联，以及最新的研究动态等略做探讨，以期为研究者提供参考。

麦卡勒斯无疑是美国文学史上一位重要的作家。1947年，麦卡勒斯就被评选为"美国最佳战后作家之一"，几乎同时，她被称为"最佳美国女小说家"；1951年《纽约时报》"感谢美国是卡森·麦卡勒斯的国家"，而《时代》杂志则宣称"麦卡勒斯是美国最重要的当代作家之一"。遗憾的是，1967年，麦卡勒斯在50岁的时候就因病英年早逝，说到她的不幸离世，传记作家弗吉尼亚·斯宾塞·凯尔（Virginia Spencer Carr）感叹道："20世纪的美国失去了其孤独的猎手。"其实，麦卡勒斯何止是20世纪的重要作家之一，今天的读者和研究者还在不断地欣赏和研究她的作品，并能发掘出新意，这说明，她也属于21世纪。下面略举几个例证以说明麦卡勒斯的当下影响力。2001年美国文库出版了麦卡勒斯的小说集，并于2004年第二次印刷；2002年美国上演了她的剧作，《纽约时报》称这是对麦卡勒斯及其作品"恢复兴趣的最新证据"；2014年麦卡勒斯协会（Carson McCullers Society，创立于1990年）再次活跃起来，选举了新的协会领导人，吸纳了"致力于研究这位伟大的美国作家"的成员；2017年在意大利的罗马举办了"世界的卡森·麦卡勒斯（1917—2017）：庆祝卡森·麦卡勒斯诞辰100周年国际会议"。[①]上述数例已足以说明麦卡勒斯的当下性，但更重要的还是要看她的作品与当代社会，尤其是美国社会现实的关联性。例如，麦卡勒斯的作品常常涉及种族歧视与暴力，这与美国眼下的种族现状是否相关呢？答案当然是肯定的。奥巴马2008年甫一当选为美国总统，就有人宣称美国已进入所谓"后种族时代"，仿佛种族问题已成过去。但

---

① Casey Kayser Fayetteville，Alison Graham-Bertolini，"Preface"，in Alison Graham-Bertolini，Casey Kayser，eds.，*Carson McCullers in the Twenty-First Century*，Cham：Palgrave Macmillan，2016，pp. v‑vii.

这一美丽的标签很快就被现实击得粉碎，因为随后在美国密苏里州的弗格森及其他城市接二连三地发生了警察枪杀黑人青年的事件，从而引起极大的争议与抗议。这种无处不在的种族歧视以及黑人暴力死亡案件令人不禁想起麦卡勒斯创作的《没有指针的钟》，如其中的"布朗诉托皮卡教育局案"、舍曼因移居白人区被炸死等。小说中的种族暴力威胁、暴民心态与美国今天的种族冲突如出一辙，因此，麦卡勒斯的小说必然会给人们带来对美国历史、现状和未来的新的思考。这也说明了我们今天重译、重读麦卡勒斯小说的当下意义。

这套文集收录了麦卡勒斯的五部长篇小说和一部《麦卡勒斯短篇小说全集》，几乎涵盖了作者的全部小说作品。长篇小说分别是《心是孤独的猎手》（1940）、《金色眼睛的映象》（1940年分期发表在《时尚芭莎》上，1941年以书的形式出版）、《伤心咖啡馆之歌》（1943）、《婚礼的成员》（1946）和《没有指针的钟》（1961）。

读者要想了解麦卡勒斯小说的主题和创作风格最好还是从她的《心是孤独的猎手》读起。这倒不是因为这是她创作的第一部小说，而是因为这部小说几乎涵盖了她此后所有作品的主题、题材以及她意欲探讨的有关人性和社会等深层次的问题。《心是孤独的猎手》的背景是美国南方腹地，人物是遭到社会疏离的弱势群体，主题主要表现为孤独与无望的爱。

故事开始时，两个聋哑人——约翰·辛格和斯皮罗斯·安东尼帕罗斯——已在一个屋檐下生活了十年，这两个性格完全不同的人结成了一种神秘的友谊：身材高挑、敏捷、聪明的辛格非常迷恋肥胖臃肿、冷淡、神情恍惚的希腊人安东尼帕罗斯。在他们生活的那个萧条的棉纺厂小镇上，大多数人脸上都常常露出饥饿和孤独绝望的神情，而他俩似乎一点也不孤独。只不过他们付出的感情并不对等：辛格给予；他的朋友接受；一个是爱者而另一个是被爱者，似乎都沉浸在自己所扮演的角色中，倒也相安无事。可突然间，这一宁静被打破了，安东尼帕罗斯神秘地生了场病，病好后，他像变了个人似的，成了麻烦制造者：偷东西、冲撞陌生人，甚至在大庭广众之下撒尿。尽管辛格对此很伤心，悉心照料，倾其所有为朋友解决他所造成的麻烦，但他最终还是无计可施，精神错乱的希腊人被送到两百英里之外的精神病院。

在接下来的几个月里，辛格不知不觉间成了另外四个人生活的焦点，这些人都希望在他身上寻觅一种神秘的形象，以圆他们自己痴迷而支离破碎的梦想。12岁的米克·凯利是个假小子，表现出对音乐的独特禀赋，在她的想象中，辛格具有某种精神和谐，这使她想起莫扎特。黑人医生本尼迪克特·科普兰长期以拯救黑人为使命，哑巴对他来说象征着极其罕见的白人的同情心。杰克·布朗特是个激进的工人运动组织者，但他的语言天赋胜于行动，对他而言辛格仿佛是天赐的，因为布朗特误以为只有哑巴愿意倾听，并能理解自己。咖啡馆的老板比夫·布兰农刻意观察咖啡馆的各色人等，在他看来，辛格是个再恰当不过的静观对象，因为大家的注意力都在他的身上。然而，所有这些人都不知道辛格对安东尼帕罗斯的爱，也没有意识到他们对他的兴趣给他带来的困惑。当得知安东尼帕罗斯的死讯时，辛格自杀了，留下的只是他的那些追随者或崇拜者们的思考和悲伤。

与《心是孤独的猎手》相比，《金色眼睛的映象》色调显得更加灰暗，充斥着性反常、窥淫癖、自残和谋杀等情节，因而出版伊始便遭到诟病。故事发生在 20 世纪 30 年代美国南方腹地的一个兵营，按照叙述者的说法，其中的人物涉及"两名军官、一个士兵、两个妇女、一个菲律宾人，还有一匹马"。其中一名军官是韦尔登·彭德顿上尉，他是一个倍受压抑、隐藏极深的同性恋者，对其妻子的情人非常着迷；另一名军官是莫里斯·兰登少校，这个行为随便的公子哥在与精力充沛的莉奥诺拉·彭德顿初次见面两个小时之后，便在黑莓丛里发生了关系。那个天真、显得愚笨的士兵——二等兵艾尔基·威廉斯偶然间从窗户里目睹了裸体的彭德顿太太，于是便开始偷偷摸进她的卧室，痴迷地窥视熟睡中的她，从此一发不可收拾。另一名女子是弱不禁风、神经衰弱的艾莉森·兰登，因遭受婴儿夭折、丈夫出轨等连续打击，竟然用园艺剪刀将自己的两只乳头剪了下来，好在她有菲律宾籍用人阿纳克莱托陪伴，从他那里得到了些许的安慰。深得莉奥诺拉喜爱的那匹马——"火鸟"由威廉斯饲养，却遭到彭德顿上尉的鄙视和虐待。经过一系列冒险和潜伏跟踪之后，彭德顿对沉默寡言的威廉斯产生了复杂的感情——既爱又恨，直到他发现这个二等兵潜伏到他妻子的卧室时，他才意识到威廉斯的眼中只有他的妻子，于是，他枪杀了这名士兵。

在某些评论家看来，《伤心咖啡馆之歌》比《金色眼睛的映象》更令人满意，因为在这部小说中，麦卡勒斯避开与更擅长心理描写和组织小说情节结构的作家竞争，明智地转向描写一个更适合自己才能发挥的有限的区域。这是个昏暗的、与文明社会隔离开来的南方小镇。咖啡馆的主人艾米莉亚·埃文斯小姐，是一个黑黑的高大女人，骨骼和肌肉长得像个男人，虽稍微有点斜眼，但还算是一个好看的女子。她生性孤僻，对异性爱不感兴趣，曾有过一段为期十天的婚姻。咖啡馆前身是一个经销饲料、谷物等土特产的商店，除此之外，艾米莉亚还拥有一家酿酒厂，因此，她很有钱。她不仅是个强悍的商人，还是一位颇有一点以解除百姓痛苦为志向的巫医。除了喜欢打官司之外，她日子一直过得很平静，直到她 30 岁那年的春天，生活发生了变化。她爱上了来投靠她的远房表哥雷蒙·威利斯，一个驼背的矮子，患有肺结核的同性恋者。这便验证了麦卡勒斯的一句话："最稀奇古怪的人（the most outlandish people）都能够成为爱的触发剂。"有了爱情，艾米莉亚变得温柔、优雅了许多，而且爱说话了，而作为被爱的雷蒙也变得得意洋洋、神气活现，还有点贵族气。随着人气旺盛，商店逐渐变成了咖啡馆。小镇上的那种怀疑、隔离和怨恨的气氛也逐渐被温暖和友谊的氛围所取代。然而，艾米莉亚对雷蒙的爱并没有得到回报，相反，这个矮子蓄意乞求艾米莉亚的前夫，马文·梅西，一个刑满释放人员的关注，并与其合谋，取走艾米莉亚百宝箱里的所有东西、砸烂她的钢琴和酿酒厂，还企图毒死她，然后一起逃之夭夭。在接下来的几个月里，艾米莉亚任由咖啡馆荒废，也放弃了行医治病，最终成为一个隐居者。小镇又回到从前那种荒凉、死气沉沉的状态。

如果说《伤心咖啡馆之歌》所揭示的人性显得有些神秘，甚至怪诞的话，那么，《婚礼的成员》就容易接近得多，故事也显得更加生动活泼，因此，有评论家认为这是麦卡勒斯最好的作品。《婚礼的成员》共分为三个部分，分别对应青少年成长历程的三个阶段：萌发对生长环境的不满；满怀不切实际的理想；幻灭及对人生局限性的认识。故事的叙述者是主人公弗兰琪·亚当斯。第一部分主要描述弗兰琪感受到的压抑和孤独，连自己的心都仿佛"挤成一团"，因此，她打算离开镇子，到别的地方去，永不回来。这个12岁、没有母亲的少女是个行为似男孩的顽皮姑娘。四月以来，她一直被一种朦胧但强烈的不满压得喘不过气来，在炎热的八月，她第一次遭遇少年危机。她感到自己是个孤独的人，不属于任何一个组织的成员。于是，她展开自己丰富的想象力——想到北极熊和冰屋；把贝壳放在耳边就仿佛能听到墨西哥湾的潮汐；想到她的哥哥简维斯和他的新娘简妮丝在冰雪覆盖的教堂里的婚礼。她凭冲动做任何事情，但所做的一切总是错，根本不是她真正想做的。为此，她把自己的美好希望寄托在未来，第一部分结束时，她得意洋洋地宣告，她将成为她哥哥婚礼的成员。

在第二部分，弗兰琪受到新的归属感的鼓舞，发现婚礼前的那天既神奇又独特，似乎对这个世界有了新的认识。她就像一只被释放出来的动物，可以在她此前从未见过的地方游荡。她还自称为弗·简茉莉，当简茉莉在那个难忘的星期六早晨醒来时，她感到她的哥哥和新娘仿佛就睡在她的心底，这使她立刻想起星期天的婚礼。她换掉不合身的衣服，对那套本来就整洁的粉红色的裙子又做了番修饰。她似乎一夜间长大了，第一次理解了她父亲的日常起居，一贯叛逆的她对父亲也有了某种柔情。她还短暂地不再将自己与他人隔离开来，梦想着婚礼结束后远走高飞。

但在第三部分，在试图逃离家庭失败后，她认识到自己此前的梦想有多么幼稚："婚礼就像一场超乎她能力的梦，或像一台不听她管控也不该有她角色的戏。"按照她表弟约翰·亨利的话来说，"猴子死啦，好戏完啦"。此时，她又被称为弗兰西斯。在婚礼上，她一直想对新郎和新娘说："我太爱你们俩了，你们就是我的'我们'。"可是，她一直没有机会说，最终只是大喊："带上我！"而哥哥和新娘已绝尘而去。事情并没有就此结束，弗兰西斯还是打算离家出走，在给父亲留下一封信后，她竟然鬼使神差地要去"蓝月亮"旅馆见那个被她砸倒在地的士兵，结果被警察抓住没有走成。此时，她觉得，"大世界太遥远，她是不可能再参与其中了。她又回到夏季的忧惧里，回到原先那种与世隔绝的忧惧里——而婚礼败笔使忧惧加速升级为恐惧"。小说结尾，约翰·亨利因脑膜炎死亡，哈尼被捕入狱，而一直在她家当厨子，陪伴她长大的贝拉妮斯也将不再为她家服务了。已经 13 岁的弗兰西斯似乎比原来的弗兰琪理性了许多，放弃了幻想，也在设法与环境达成某种妥协。但她并没有变得更讨人喜欢，对环境变化她似乎有些麻木——对约翰·亨利的死和贝拉妮斯即将离开她家好像并不关心。失去梦想的弗兰琪与别人已没有什么区别，换个角度来说，她已融入了社会。

总之，《婚礼的成员》情节紧凑——仅集中描写一个 12 岁的女孩几天里发生的事情；主题特色鲜明——聚焦于主人公的心理变化，紧紧围绕她的梦想与挫败讲述故事。这部小说还常常被归为成长小说之列，但笔者认为，它并不是典型的美国成长小说，因为美国成长小说的结局通常表现为主人公与社会决裂，而不是融合。

麦卡勒斯忍受病痛的折磨，历经 10 年，艰难地完成了她的最后一部小说——《没有指针的钟》的创作。这部小说虽然聚焦于死亡，但视野显然更为开阔，它将个人的生死、成长与美国南方的种族危机结合在一起。麦卡勒斯对主人公马隆死亡过程的描写可能与她自身的体验有关，因为在她生命的最后阶段，随着健康状况的日益恶化，她不得不时时面对死亡，也难免思考死亡的问题。但她毕竟是个艺术家，死亡主题只是小说的一个方面，她由此生发开来，涉及多重主题。在我看来，这是麦卡勒斯格局最壮阔、最有阐释意义的一部小说。

小说中有四个主要人物：J.T.马隆，40 岁的药房老板；马隆的朋友，一个激进的白人至上主义者，84 岁的前国会议员福克斯·克兰恩法官；法官的孙子，19 岁的约翰·杰斯特·克兰恩，以及一个蓝眼睛的黑人青年舍曼·皮尤。

小说开始时，马隆得知自己患有白血病，他知道自己一定会死，但不知道何时会死，因此，他就像一个看着没有指针的钟的人。马隆素来性格温顺，像头绵羊，任由别人安排他的生活。也许是因为意识到自己即将死亡，他突然产生了顿悟，有了自我认知，觉得自己从来就没有真正地活过。尽管被死亡意识所困扰——他到底什么时候会死，但他还是决心在生命行将结束前的几个月里获得自我，从而使他的人生有某种意义。同样在寻找自我的还有杰斯特——这个小伙子尚未决定他这辈子要干什么。尽管他有许多短暂的兴趣，但他觉得还没有受到任何特定职业的召唤。这种未定的生存状态很可能与他的出身有关。他虽然有显赫的家庭背景，但他对自己的父母一无所知，因为在他来到这个世界之前，他的父亲就已经自杀身亡，而他的母亲也在生产他的时候不幸去世。所以，他一直渴望了解自己的父母，尤其是探寻他父亲自杀的原因，由此小说引出了另一个主题——种族问题。这个问题与舍曼密切相关，这个黑人青年也一直渴望了解自己的身世。舍曼·皮尤是个弃儿，他的姓——皮尤（Pew）——就来自人们发现他时的情形，他被人遗弃在教堂里的一个靠背长椅上，英文中的"pew"就是教堂内靠背长椅的意思。

小说将舍曼父母的身份之谜与杰斯特父亲的自杀之谜嫁接起来，因为杰斯特断断续续从他爷爷——老法官——那里了解到自己父亲的自杀竟然与舍曼父母有关。杰斯特身为律师的父亲约翰爱上了他的一个当事人，一名白人女子——利特尔太太。利特尔太太的黑人情人琼斯因"谋杀"了她的丈夫而受审。约翰为其辩护，试图说服陪审团，琼斯杀人属于自卫，事实也是如此，但这次由老法官主持的审判被证明是对司法和正义的嘲弄——无辜的黑人最终被绞死。在法庭上，利特尔太太拒绝对琼斯作不利的证明，因输了官司，她在审判后不久就死于分娩，临终之时，她诅咒杰斯特的父亲。辩护失败、审判不公、爱情受挫以及当事人的死亡，这一切令约翰极其沮丧而愤怒，于是，他开枪自杀。而舍曼·皮尤就是利特尔太太与黑人琼斯的儿子。

杰斯特终于了解到老法官与其儿子约翰——杰斯特的父亲——在种族问题上意见相左，在这方面，杰斯特也与一手将其抚养长大的爷爷针锋相对。杰斯特天生就具有开明的思想，在得知社会不公是造成他父亲人生悲剧的部分原因之后，他的进步思想得到了进一步强化。于是，他决定子承父业，也当一名律师，完成父亲的未竟事业。父亲的遭遇以及他自己的亲身经历教育了杰斯特，使他找到了人生的方向。而舍曼就没有他这么幸运了，尽管他最终也破解了自己的身世之谜，但他无意，也不可能被白人社会所接纳，而是决定以行动与种族主义社会抗争。于是，他不断挑衅白人社会，最终选择以搬进白人居住区的行为来表达对种族隔离的不屑。在得知白人种族主义者要因此轰炸舍曼的房子后，杰斯特多次警告他，但他拒绝逃离，结果被炸死在自己租住的房子里。这次恐怖袭击事件也涉及马隆，因为在抽签决定谁去炸舍曼的房子时，这个签不幸正好被马隆抽中了，但他拒绝去执行这项"任务"。一辈子都在听命于人的马隆这次似乎也找到了自我，尽管事后不久他就因病而死，但他得到了些许安慰，因为他毕竟自主作了一次道德选择，也算为自己活过一回。在麦卡勒斯的这部绝笔之作中，寻找自我成了突出的主题，但视域更为宽广，因为除了死亡这一文学中的永恒主题之外，《没有指针的钟》还涉及个体的成长、种族主义以及与此相关的道德选择等。

这套美国文库版《麦卡勒斯文集》首次完整地收录了麦卡勒斯20部优秀的短篇小说，集成《麦卡勒斯短篇小说全集》。其中，除了令人难忘的故事《泽伦斯基夫人和芬兰国王》和《树·石·云》等之外，还收录了她以前没有被收录的有关民权运动的故事《游行示威》。

麦卡勒斯的短篇小说同样写得精彩，也涉及其长篇小说中常见的主题：孤独、种族歧视以及人与人之间微妙的感情等，而且似乎在不经意间往往能给读者带来意想不到的启发。例如，在《傻子》中，16岁的叙述者就得出了一个发人深省的"真理"："如果一个人很崇拜你，你会鄙视他，不在乎他——然而，正是对那个根本不注意你的人，你却往往很崇拜。"短篇小说中有不少关涉少年成长的主题，也就是我们常说的成长小说中涉的问题——青春期的躁动、莫名的惆怅和孤独等。其中有关逃离这一美国文学中的常见主题尤其引人注目。例如，在《无题》中，叙述者就说道："每个人都有想出逃的时候——无论跟家里人相处得有多好。他们都觉得不得不逃离，因为他们曾经做过某事，或是因为他们想做某事，又或许因为他们根本不知道究竟是什么的理由。也许这是某种渐渐产生的渴望，让他们觉得必须出去，去寻找某种东西。"这种逃离的冲动既有人对环境不满的诱因，又有对未来充满幻想的成长因素。《无题》对少年的性萌动描写得细致而含蓄，当主人公安德鲁夜晚独自行走在寂静而偏僻的地方时，某种陌生的声音总令他不安："有时候，它听似一个女孩子的笑声——温柔地笑个不停。而有时，它却是一个男人在黑暗处的呻吟。这声音就如同音乐，只是没有固定的形式——它让他驻足倾听，而后颤抖，这跟一首歌的效果一样。当他回家睡下之后，这个声音仍然挥之不去；他会在黑暗中辗转反侧，僵硬的四肢互相摩擦，因为他无法得到片刻的安宁。"可能正因为这种情境的触动，使他对家里的女厨子维塔利斯产生了欲望，每当他回家看到她时，他都会说"我饿了"这三个字，即便刚吃饱了也一样。于是，"看着维塔利斯就跟吃东西一样愉快，他的目光总是围着她转"。维塔利斯的理解是："你就是想有件事可做才吃东西的，因为你不知道有什么其他的事情可做。"这里的"饿"显然暗示的是性饥渴。终于有一天，当17岁的安德鲁在维塔利斯家见到她时，"他感觉到自己再一次听到了他在深夜的时候曾经在这条街上听到的那种奇怪的声音"。于是，他们之间发生了"一直在心底蓄势待发"的那种事。事后，他前往"佐治亚州某个较大城市"，一别三年后，他在返乡途中，在南方某个不知道名字的镇子的车站餐厅里回忆了以前所发生的事情。麦卡勒斯的这类小说写得感情细腻，但让人有种不确定感。

值得一提的是，这部短篇小说集还首次收录了麦卡勒斯的《游行示威》，这使读者能够从短篇小说的角度更全面地了解这位作家的创作，也为全面研究麦卡勒斯提供了难得的文本资料。

《游行示威》讲述的是因一座黑人教堂——希尔顿锡安教堂——被炸引发的一场游行示威。游行队伍从锡安第一浸信会教堂出发前往亚特兰大请愿。一路上，自由请愿者既得到部分人的支持，也受到一些人的嘲弄，还遭遇了三K党徒的威胁。在离亚特兰大还很远的时候，他们就遭到了警察催泪弹的袭击，在离目的地尚有三英里远的花枝镇，全体请愿者遭到警察的逮捕，不过，在狱中关了一夜后，他们就被放了出来。出狱后，他们高唱"我们一定会胜利"，继续向亚特兰大进发。这个故事比较真实地反映了20世纪中期美国种族矛盾的现实。其实，麦卡勒斯的小说中常有种族歧视的情节，以《没有指针的钟》为甚，但在短篇小说中，《游行示威》是唯一一篇专门描写种族歧视和民权运动的小说。但正如小说最后所说的，"这不是一次可以……改变历史的游行示威，甚至都算不上是一次民权运动。可参与的每一个人身上都发生了变化"。小说以白人青年吉姆·格雷参加游行为中心：他从家乡止水村出发，跟随游行队伍一直走到一百英里以外的亚特兰大州议会大厦。一路上，他与同样来参加游行的黑人青年奥德姆·威尔逊经历了由生疏到结下友谊的过程，还穿插了他与校友珍妮特·卡尔佩伯之间的爱情故事，以及他的高中英语老师罗莎·卡尔佩伯与圣公会牧师乔治·汤普森之间闪电般的爱情和求婚过程。总之，正如小说的叙述者所说的，"参与的每一个人身上都发生了变化"。

麦卡勒斯的短篇小说涉及的主题同样广泛，但往往会选择从一个青少年的眼光来打量成人世界。

麦卡勒斯是个备受争议的作家，争议始于她1940年发表的《心是孤独的猎手》，并伴随着她的整个创作生涯。争议者大致可分为两个阵营：批评主要来自职业书评家，而赞誉则来自小说家和文学批评家。这或许说明，麦卡勒斯属于那种"作家的作家"（writers'writer）之类，其作品不容易立刻对读者产生亲和力，因为从某种意义上说，她的小说不是用来愉悦读者的，而是要教育读者。但她的"教育"并非简单的说教，而多采用微言大义的写法，向读者展示人性和人的心灵，她对事物，尤其是对人性，有一种很特别的感悟力。可以说，麦卡勒斯独特的感悟能力是她的个性，也是她作为艺术家独创性的表现，而这两个方面均集中表现在她对人性的深刻揭示和对人的灵魂的拷问。

麦卡勒斯独特的悟性和新颖的表现手法决定了她的作品需要阐释和细心体悟，方能领会其妙处，因此，读者不仅要有一定文学方面的知识储备，还要有人生经历的积淀，并能在阅读时调用自己心灵深处那些微妙的人生体验。例如，在《婚礼的成员》中那个12岁的弗兰琪常常感到浑身不自在，她不知道自己身上到底发生了什么，但她能感觉到自己的心受到挤压，觉得"世界很小"。其实，这是接近青春期的少女生理和心理上发生的微妙变化，但作者并不明言，而是让读者自己去细心体会，同时也给读者造成一种阅读期待，随着小说呈现越来越多的细节，读者才会慢慢地领悟到主人公内心世界的变化及其成因。弗兰琪在12岁零10个月的时候，她的身高已达到五英尺五又四分之三英寸，此时，她非常担心自己会成为一个"怪胎"。当父亲说她都12岁了，不能再跟他一起睡觉的时候，她开始对父亲有些"怨恨"。所有这些都是她青春期的烦恼，而这些烦恼必然与性有关。于是，麻烦就开始了，她与一个叫巴尼·麦基恩的小伙子在他家车库里犯了"一宗怪诞的罪孽"，这种罪到底坏到什么程度，她并不知道，只是感到恶心，恨不得要杀了巴尼。所以，当她的哥哥带着新娘回家宣布将要结婚时，想到他们就会给她痛苦的感觉，这时弗兰琪可能联想到她与巴尼犯下的"罪孽"，于是，她问贝拉妮斯和第一个丈夫结婚时多大年纪，得知她13岁就结婚了，弗兰琪不明白她为什么这么年轻就结婚。显然，弗兰琪是因为她与巴尼的那种事情使她想起了婚姻的问题。读者这时才会明白，为什么小说一开始她对婚姻这件事感到迷惑："真奇怪……就这么发生了。"作者就是如此细致地描述主人公的感受，逐渐交代事情原委的。

从探索人的心灵出发，麦卡勒斯的小说着重描写人的孤独——孤独造成人的压抑和怪异行为，以及突破孤独的爱的力量。

麦卡勒斯小说中的人物多半是孤独的，故事多涉及因缺乏与他人的亲密关系或交往而造成的孤独感。《婚礼的成员》开篇就说，12岁的主人公弗兰琪就已经很久不是一个成员了，"她既不归属于任何团体，也不是任何成员。弗兰琪孤零零的一个人，在家门口晃荡，她内心惶惶"。整部小说读起来就仿佛是在听弗兰琪对一个不存在的上帝诉说自己的孤独感及由此带来的苦痛。这个"徘徊在门廊之间"的少女总是处于入口处，从来就不是真正地在里面，也不是真正地在外面。《金色眼睛的映象》中的彭德顿上尉是个同性恋、施虐狂、瘾君子和有盗窃癖的人，但更重要的是，他是个精神孤独者，甚至可以说，正是由于孤独才造成了他的上述怪异行为。《伤心咖啡馆之歌》是麦卡勒斯作品中最悲伤的，其中，有关精神孤独和爱的本质及其作用得到更充分的展示和处理。因此，从纯粹讽喻或寓言的角度来说，《伤心咖啡馆之歌》是麦卡勒斯最成功的小说，欧文·豪称之为"美国人创作的最优秀的小说之一"。①

麦卡勒斯的小说还将孤独与人的身份追寻联系起来：失去身份就会产生孤独感。杰斯特、舍曼在探寻自己身世时感到无比孤独，因此，他们都渴望与他人建立某种联系，而建立联系的最佳方式就是爱，理想的爱。杰斯特缺乏父母的爱，又不爱他的爷爷——他在这个世界上唯一的亲人，于是对舍曼产生了一种畸形的情愫，而舍曼因为从来没有享受过母爱，他总是想象自己的母亲就是玛丽安·安德森——美国黑人女低音歌唱大师，20世纪著名的歌唱家。《婚礼的成员》中的弗兰琪由于不属于任何一个团体，也不屑依附于任何一个特定的人，因此，她渴望的是"我的我们"（the we of me）。

麦卡勒斯似乎认为，摆脱精神孤独仰赖的是爱的力量。在她看来，孤独的原因之一在于人们缺乏交流，而通常的语言交流往往是不成功的，只有通过爱这种理想的交流方式，人才有可能达到目的。在《心是孤独的猎手》中，她形象化地表达了这一观点。在这部小说中，主人公约翰·辛格是个聋哑人，但这一缺陷并没有妨碍他对爱的体验，在小说中所描绘的爱中，这是唯一令人满意的，而这种爱的满足恰恰是

---

① Irving Howe, *New York Times Book Review*, September 17, 1961.

因为它不是通过语言表达而获得的。当然，这种满意或满足也只是相对而言，因为辛格的爱并没有得到对方——斯皮罗斯·安东尼帕罗斯，一个"神情恍惚的希腊人"——的回报，而且他不久就死了。因此，小说传递了一个悲观的讯息，那便是，虽然爱是将两个男人连接起来的唯一力量，但爱绝非完全是双向的，而且受制于时间，随着爱恋对象的死亡而衰减。唯一的安慰就是在爱存续期间，它对施爱方有益，使他能够短暂地排解孤独，从而得到慰藉。[①]

可悲的是，麦卡勒斯小说中的爱仿佛都得不到回报，都是无望之爱。《没有指针的钟》中的杰斯特暗恋舍曼，后者毫无感觉，还经常折磨他；马隆的女儿埃伦爱杰斯特，杰斯特几乎都不知道她的存在；舍曼崇拜他的房东，黑人齐普·马林斯，换来的只是齐普的虐待；杰斯特的父亲约翰爱上了利特尔太太，但得到的只是她临终前的诅咒；《心是孤独的猎手》中约翰·辛格的爱也没有得到斯皮罗斯·安东尼帕罗斯的回报；《金色眼睛的映象》中的彭德顿上尉暗恋二等兵威廉斯，威廉斯对此丝毫没有察觉；艾莉森·兰登与阿纳克莱托——兰登夫妇的菲律宾籍用人之间的关系也一样；《伤心咖啡馆之歌》中的艾米莉亚更不用说，她对其表哥雷蒙·威利斯的爱不仅没有得到回报还被他害得几乎一无所

---

① Oliver Evans, "The Achievement of Carson McCullers", *The English Journal*, 51.5 (May, 1962), p. 303.

有。因此，作者对爱得出了极其悲观的结论：

> 存在恋爱的人和被爱的人，这两类人是全然不同的。通常来说，被爱的那个仅仅是激发体，把恋爱的那个长久积压于心底的、沉默的爱情激发了起来。……因此，任何爱情的价值和性质完全取决于这恋爱的人自己。

> 正是因为这个道理，我们绝大多数人更愿意恋爱而不是被爱。几乎每个人都想做恋爱的那个人。道理很简单，许多人嘴上不说，内心却是这么觉得，处于被爱的地位是不堪忍受的。被爱的人对恋爱的人是既怕又恨，是有最充分理由的。因为恋爱的人永远只想将那被爱的人剥个赤膊精光，让他暴露无遗。恋爱的人猴急地渴望与被爱的人发展任何一种可能的关系，哪怕这种经历给他带来的只有痛苦。

由此我们可以看出麦卡勒斯笔下的人物有一个突出的悲剧性格特征：他们往往将爱施与那些不可能接受他们爱欲的人。这使得她的作品总是散发着一股怪诞和异常的味道，仿佛非此就不是她的风格。如《金色眼睛的映象》中的彭德顿上尉居然迷恋他的妻子莉奥诺拉的情人——兰登少校以及常常趁夜色潜入他妻子卧室的二等兵威廉斯，《没有指针的钟》中老法官的孙子约翰·杰斯特·克兰恩始终对黑人男孩舍曼·皮尤有一种得不到回报的情愫等等。在威廉·巴特勒·叶芝的诗歌《为我女儿祈祷》（*Prayer for My Daughter*，1919）中，他提及女性在选择情人时的一种妙不可言的矛盾现象："毫无疑问，可敬的好女人／就着肉吃沙拉古怪迷人／丰饶角就此尽毁。"就爱情而言，麦卡勒斯小说中的许多人物吃的就是这种"古怪的沙拉"（crazy salad），尤以《伤心咖啡馆之歌》为甚，其中每一对情人都极不般配——丑的与美的，女继承人与罪犯，侏儒般的男人与高大强壮的女人。小说似乎表明，激情是人类最持久、最不可思议的一个谜。爱人者的选择往往是随心所欲、令人难以置信的，但一旦相爱，就爱得持久而坚定，令人称奇，如艾米莉亚对雷蒙的爱，辛格对安东尼帕罗斯的爱。而且，爱既能迫使人屈服，也能使人温柔。例如，艾米莉亚爱上雷蒙后性情大改，不再急躁，也很少跟人打官司了，连恶棍梅西自从迷上艾米莉亚后在礼仪和行为上都有所改善。但爱也能令人毫无防备，爱人者往往会遭遇断然拒绝或背叛，甚至遭到攻击，如梅西婚后遭遇艾米莉亚冷漠的拒斥，艾米莉亚遭到雷蒙的背叛和攻击等。

在麦卡勒斯苦心经营的异化世界里，在她着力描述的孤独的人物背后，我们仿佛看到一个渴望温暖和柔情的麦卡勒斯。正如现实中的麦卡勒斯一样，她总是以眼睛来传达一种亲密感，虽不是实际上的身体接触，但在眸子里折射的是灵魂的交流。[1]可以说，《心是孤独的猎手》中的米克·凯利就是麦卡勒斯的替身，这个12岁女孩的性格就是麦卡勒斯自己那个时候性格的生动体现；《婚礼的成员》中的弗兰琪·亚当斯也是自传式的主人公。所以，麦卡勒斯说："我成了我书写的人物，我感谢拉丁语诗人特伦斯，他说道：'凡是显示人性的没有什么与我不相容。'（Nothing human is alien to me.）"这就是麦卡勒斯的"美学信条"和她的"小说艺术"。[2]她所刻画的人物虽然显得怪诞，但却深刻地揭示了人性。

总体而言，麦卡勒斯更擅长在有限的范围内集中描写小人物或边缘人物，刻画他们的性格特点和心理变化。如《婚礼的成员》主要写一个12岁女孩的欢乐和苦恼；《伤心咖啡馆之歌》聚焦于主人公艾米莉亚·埃文斯小姐的命运变化。这些故事虽然格局不算高大，但往往写得感人。而她在写较为复杂的故事时则常被认为技术不够娴熟，如《金色眼睛的映象》中有关谋杀的描写显得不够自然，《心是孤独的猎手》的结尾就有点机械。很显然，麦卡勒斯一直在试图拓宽她的视野，她经过10年艰难的创作铸就的最后一部小说——《没

① Virginia Spencer Carr, *The Lonely Hunter: A Biography of Carson McCullers*, New York: Carroll and Graf Publishers, Inc., 1985, p. 296.
② Harold Bloom, "Introduction", in Harold Bloom, ed., *Bloom's Modern Critical Views: Carson McCullers* (New Edition), New York: Infobase Publishing, 2009, p. 1.

有指针的钟》便是明证。这部小说力图将一个受到癌症威胁的濒死之人的生存危机与南方受到种族主义困扰的社会危机联系起来，将一个以自我为中心的小世界镶嵌在一个广阔的社会图景之中，格调更高、视野更开阔。但这样的努力并没有获得批评家应有的赏识，反而遭到诟病，尤其是在小说出版之初。譬如，有人认为，由于她当时病重，这种写法与她的天性相悖，因此，小说在心理直觉的描写和文化分析上显得捉襟见肘。[①]但公允地说，小说以主人公马隆得知自己身患绝症开始，到他最后死亡结束，以"等死"为线索，为故事提供架构，将小说中的其他几个与死亡有关的主题连接在一起，显示了作者较高的驾驭能力。而且，小说既有细腻的心理描写，也有深刻的社会和文化分析，其中还穿插了有据可考的历史事实，因此并非像早期论者所说的那样单薄。

从有关麦卡勒斯的研究现状来看，社会语境的变化给麦卡勒斯的作品带来了新的批评视角和跨学科的研究方法。譬如，在对待同性恋这个主题上，传统的研究方法通常采用的是传记式的批评，将小说中的同性恋描写与麦卡勒斯自己的同性恋倾向联系起来。但在 21 世纪，人们越来越关注人类与环境之间的相互作用以及人与动物之间的关系。于是，研

---

① Lawrence Graver, *University of Minnesota Pamphlets on American Writers: Carson McCullers*, Minneapolis: University of Minnesota Press, 1969, p. 42.

究者便对诸如《金色眼睛的映象》这样的小说展开酷儿—后人文主义研究，在酷儿解读的基础上增加了后人文主义的透镜，将小说中人类和非人类身体的重要性置于同等重要的地位。小说中那匹叫作"火鸟"的马被列为悲剧的"参与者"，它对人类主人公的自我认知发挥了重要作用，从而瓦解了人与非人这对二元对立。从这个角度来看，彭德顿上尉的虐马行为，一方面表现为他试图恢复自己对同性恋倾向的控制，另一方面也显示了他维持人与动物之间等级区分的企图，这样，他对动物的压制就与他对自己同性恋倾向的抑制联系了起来。这种新的批评视角和方法是对过去的观点——诸如，《金色眼睛的映象》真实地洞悉了性反常，但只随意描写了一系列俗艳、夸张的插曲，令人震惊，但没有启发，更没有连成一个更大的情节模式或意义①——的一种反拨。

早在 1961 年，戈尔·维达尔就断言："在所有的南方作家中，[麦卡勒斯] 是最有可能历久弥新的"。②事实证明，麦卡勒斯的作品至今没有褪色，鉴于她小说中所涉及的问题与当下社会问题密切相关，我们有理由相信，她的艺术之花在将来也不会凋萎。

---

① Lawrence Graver, *University of Minnesota Pamphlets on American Writers*: *Carson McCullers*, Minneapolis: University of Minnesota Press, 1969, p. 24.
② Casey Kayser Fayetteville, Alison Graham-Bertolini, "Preface", in Alison Graham-Bertolini, Casey Kayser, eds., *Carson McCullers in the Twenty-First Century*, Cham: Palgrave Macmillan, 2016, p. xiii.

关于麦卡勒斯其人其作有谈不尽的话题，我还是就此搁笔，让读者诸君尽早进入麦卡勒斯那略显怪异，却迷人而发人深省的艺术世界吧！是为序。

2019 年 10 月于松江大学城

献给安玛丽·克拉拉克-施瓦岑巴赫 *

第一章

和平时期的部队哨所是一个枯燥乏味的地方。会有些事情发生，可它们会一次又一次地接着重复发生。驻地的总体规划本身令它更加单调乏味——混凝土结构的巨大营房、建得一模一样的一排排整齐划一的军官屋舍、体育馆、小教堂、高尔夫球场、游泳池——所有这些都是按照一个死板的模式设计的。但最令哨所显得沉闷无聊的可能是与外界隔绝的生活状态以及过分悠闲和平安无事，因为一个人一旦入伍，他只需照着前人的样子循规蹈矩地行事即可。当然，哨所里确实偶尔也会发生一些以后不可能再出现的事情。几年前，在南方的一个驻地就曾发生过一起谋杀案。卷入这起悲剧的有两名军官、一个士兵、两个妇女、一个菲律宾人，还有一匹马。

这起事件中的那名士兵是二等兵艾尔基·威廉斯。临近傍晚的时候，人们经常会看到他独自坐在营房前人行道上那一排长凳子上。这倒是个挺舒适宜人的地方，因为这里有长长的双排小枫树，凉爽、柔和、随风舞动的树荫点缀着草坪和人行道。春天，树叶一片翠绿；天热的时节，颜色加深，呈现出恬静的色泽。到了晚秋，它们则变成火焰般金黄。二等兵威廉斯总是坐在这里，等待着晚餐的号令。他是个沉默寡言的年轻士兵，在军营里，他既没有与人结下什么冤仇，也没有交到什么朋友。他那圆圆的、晒得黝黑的面庞透出某种警觉和天真。他嘴唇浑厚、红润，棕色的刘海缠结在额前。他的眼睛奇妙地混合着琥珀色和褐色，有一种通常只会在动物的眼里才会看到的那种沉默的表情。乍一看，二等兵威廉斯的行为举止似乎显得有点迟钝而笨拙。但这种印象只是假象；他行动起来悄无声息，有如野生动物或小偷那般敏捷。士兵们经常会大吃一惊，因为他们原以为身边无人，却发现他就在身旁，也不知道他是从哪里冒出来的。他的手显得小巧，骨骼细弱，但孔武有力。

二等兵威廉斯不抽烟、不喝酒、不与人私通，也不赌博。在营房里，他不与人打交道，对别人来说，他显得有点神秘。二等兵威廉斯的大部分空闲时间就是在哨所周围的林子里打发的。那块保留地方圆十五英里，是乡下未开垦的荒野之地。在这里可见巨大的原始松树，许多各种各样的花朵，甚至还可看到像鹿、野猪和狐狸这种胆怯的动物。除了骑马，二等兵威廉斯对其他任何可供士兵们活动的运动都不感兴趣。从未有人在体育馆或游泳池见到过他。也没有人见过他大笑、生气，或任何遭受痛苦的样子。他一日三餐吃的是健康、丰富的饭菜，从未像其他士兵一样抱怨过饮食。他睡在一个容纳了大约三十六个床位，长长地排着双排简易床的房间里。这可不是一个宁静的房间。夜晚，在熄灯的时候，常常有鼾声、咒骂声，还有嗓子被卡住做噩梦发出的呻吟声。但二等兵威廉斯却静静地躺着，只是有时候会从简易床上悄悄地传出糖果包装纸沙沙作响的声音。

二等兵威廉斯在部队服役已达两年的时候，有一天，他被派到一个叫彭德顿的上尉所在的营房。事情的前因后果如下。过去六个月，二等兵威廉斯一直被指派去做马厩里那种没完没了的杂役，因为他是伺候马的一把好手。彭德顿上尉给哨所军士长打电话，碰巧，许多马都在外参加军事演习，马厩方面的工作就闲了下来，二等兵威廉斯就被选定来执行这项特别的任务。任务原本也很简单。彭德顿上尉希望把他营房后面的一小块林地清理干净，以便日后可以搭起一个烤牛排的烤架，方便举办户外派对。这项工作大概需要一整天的时间来完成。

大约在早晨七点半，二等兵威廉斯动身去执行这项任务。那是十月的一个温暖而晴朗的日子。他已经知道上尉住哪儿，因为自从他开始到林中散步起他就经常从他门前经过。他也同上尉很面熟。实际上，他有一次还误伤过上尉。

一年半前，二等兵威廉斯有好几个星期给连队里的中尉当勤务兵，那会儿他还隶属于那个连。一天下午，中尉接待彭德顿上尉的来访，在给他们上茶点的时候，二等兵威廉斯把一杯咖啡泼到了上尉的裤子上。除此之外，他现在还经常在马厩里见到上尉，他负责照料上尉太太的马——一匹栗色的种马，它无疑是哨所里最漂亮的坐骑。

上尉住在驻地的边上。他家是一座八个房间的双层灰泥建筑，与街上的其他房屋别无二致，唯一的区别就是它在最尽头。草坪的两边与保留地的森林毗连。靠右边，上尉只有莫里斯·兰登少校这一个近邻。这条街上的住宅面朝一大块平整宽阔的褐色草地，草地迄今一直被用作马球场。

二等兵威廉斯到达的时候，上尉出来详细地交待了他想要他干的活。冬青叶栎、低矮多荆棘的灌木要清除掉，大树上长得不到六英尺的树枝要砍掉。上尉指明离草坪大约二十码远的一棵古老的大橡树是他干活范围的边界。上尉一只雪白、微胖的手上戴着一枚金戒指。那天早上，他穿着齐膝的卡其短裤、高筒羊毛袜和一件鹿皮夹克。他的面庞轮廓分明，肌肉紧绷。他长着一头乌黑的头发，蓝色的眼睛透明发亮。上尉似乎并没有认出二等兵威廉斯，兴奋而繁琐地发着指令。他告诉二等兵威廉斯，他希望这个活当天完成，并说，他在傍晚时分就会回来。

士兵整个上午都在循序渐进地干活。正午时分，他到食堂去吃午饭。到下午四点钟的时候，活就干完了。他干的活甚至比上尉具体吩咐的还要多。那棵标志着他工作范围的大橡树形状独特——朝着草坪一侧的树枝相当高，人都能从下面走过去，但另一侧的树枝却优美地垂了下来，拖曳到了地面。士兵费了很大劲才砍掉了这些拖下来的树枝。然后，当所有的活干完的时候，他靠在一棵松树的树干上等着。他似乎悠然自得，很乐意就这么站在那里永远等下去。

"嗨，你在这里干什么呢？"一个声音突然问道。

士兵已经看到上尉的妻子从隔壁房子的后门口出来，越过草坪朝他走过来。他虽然看到她了，但直到她对他说话，他才朦胧地感觉到她是朝他来的。

"我刚才在马厩那边，"彭德顿太太说，"我的'火鸟'被踢了。"

"哦，夫人。"士兵含糊地应答着。他停了片刻，琢磨她说的话是什么意思。"怎么啦？"

"那我可不知道。或许某头可恶的骡子，要么可能就是有人放它与几匹母马一起进来了。我都气疯了，我还问你呢。"

上尉的妻子躺在悬挂在草坪边上的两棵树之间的吊床上。即便身着她现在穿戴的这些衣物——靴子，污渍斑斑、膝盖部位已很破旧的呢质马裤，一件灰色的运动衫——她依旧还是个健美的女子。她的脸上现出圣母马利亚那般沉思、宁静的神情，整齐的青铜色头发在脖子后面束成一个髻。就在她躺在那里休息时，那个用人，一个年轻的黑女佣，托着托盘出来了，盘子里放着一瓶一品脱的黑麦威士忌酒、一只威士忌小酒杯和一些水。彭德顿太太对她喝的酒倒不挑剔。她一口气喝下两杯酒，接着喝一口凉水漱了漱口。她没再对士兵说话，而他也没追问关于那匹马的事情。两个人似乎一点也没有意识到对方的存在。士兵又斜靠在那棵松树上，目不转睛地凝视着空中。

深秋的阳光给草坪上新铺上的冬草抹上了一层灿烂的烟霞，即使在树林里那些树叶不太稠密的地方，阳光也能照射进去，在地面上构成火一般金色的图案。可转瞬间，阳光就不见了。空气中袭来一股寒意和一阵微微的清风。到了撤退的时候了。从远处传来军号声，由于相隔遥远听起来反倒清晰，在林中发出若即若离的空荡的回响。夜晚近在眼前。

就在这时候，彭德顿上尉回来了。他把车停在屋前，立刻穿过院子去看看活干得怎么样了。他跟妻子打了个招呼，对此时散漫地立正站在他面前的士兵简单地致意了一下。上尉扫了一眼那片清空的地方。突然，他打了个响指，噘起嘴唇，带着一丝微微僵硬的冷笑。他那淡蓝色的眼睛转向士兵。然后他非常平静地说道："二等兵，我一门心思都在那棵大橡树上。"

士兵静静地领教他的批评。他那张严肃的圆脸没有任何表情变化。

"指令是这块地只清理到那棵橡树。"军官抬高嗓音接着说道。他僵直地向后走向所说的那棵树,指着那些被砍得光秃秃的枝干。"大树枝拖曳下来,正好形成了一个背景,与树林的其他地方区隔开来,这是关键。这下全毁了。"这样一个小错似乎不该引起上尉如此焦虑不安。只身站在树林中,他显得很矮小。

"上尉想要我干什么?"停顿了好久,二等兵威廉斯才问道。

彭德顿太太突然大笑起来,她放下一只穿着靴子的脚,摇晃起吊床来。"上尉想要你把那些树枝捡起来,再把它们缝合上去呗。"

她的丈夫并没有被逗乐。"嘿!"他对士兵说道,"拿些树枝来,把它们铺在地面上,盖住这些灌木已被清理掉的光秃秃的空地。然后你就可以走了。"他告诫士兵之后就走进了屋子。

二等兵威廉斯缓慢地向回走,走进那已暗下来了的树林去收拾落叶。上尉的妻子自己在那里摇着,仿佛就快睡着了。天空中布满了黯淡、阴冷的黄色的光,四周一片寂静。

这天晚上,彭德顿上尉心情一点也不舒坦。他一走进屋子就径直走向书房。这是一个很小的房间，跟餐厅通着，原先是打算用作阳台的。上尉在书桌前安坐下来，打开一本厚厚的笔记本。他在面前摊开一幅地图，从抽屉里拿出一把计算尺。尽管他做了这些准备，但他还是无法专心工作。他在书桌上俯下身子，手托着头，双目紧闭。

他躁动不安的部分原因是对二等兵威廉斯生气。一看到给他派来的正是这么一个士兵，他就已经感到恼火了。在整个哨所，也许只有五六个士兵的面孔上尉还算熟悉。他看所有的士兵都带着厌烦、蔑视的眼光。对他而言，军官和士兵也许属于同一个生物种群，但他们根本就是异类。上尉清楚地记得那次泼洒咖啡的事件，因为对他来说那次意外糟蹋了他一套崭新而昂贵的服装。那套衣服是时髦的中国丝绸质料，而染上的那些污渍再也没有完全清除掉。（上尉从哨所外出时总是穿着制服，但在与其他军官相聚的所有社交场合，他都喜欢穿便装，是一个衣着时髦之人。）除了那次不满，在上尉的脑海中，二等兵威廉斯还与马厩和他妻子的马，"火鸟"有关——令人不快的联想。而眼下有关橡树犯下的大错成了忍无可忍的最后一根稻草。坐在书桌旁，上尉一时间沉溺在一阵充满怨气的幻想中——他想象有这样一种奇异的情形，士兵违反某条军规被他抓住了，这样就可以把他送交军事法庭审判。这种幻想令他得到了些许安慰。他从书桌上的热水瓶里给自己倒了一杯茶，又沉溺于其他更直接相关的烦心事中。

上尉今晚躁动不安有许多原因。他的个性在某些方面不同寻常。他与存在的三个基本要素——生命本身、性和死亡——之间的关系处于一种稍显古怪的状态。在性方面，上尉在其自身内部谋求男性与女性要素之间的一种微妙的平衡，对两性都有敏感之处，但对二者又都缺乏活力。对于这样一个人来说，这种生存状态尚可忍受——这种人乐于与生活拉开一段距离，又能聚集他散落的激情，一心投身于不受个人感情影响的工作，热心于某种艺术，甚至某种疯狂而固执的念头，譬如，试图干化方为圆这种办不到的事情。上尉有自己的工作，而且对自己的要求极其严格；据说他前程辉煌。要不是因为他妻子，或许他不会感觉到这种基本的不足，或者说多余。但因为她，他就遭罪了。他有一种悲哀的倾向，逐渐迷恋上他妻子的那些情人。

至于他与其他两个基本要素之间的关系，他的状况相当简单。在平衡生与死这两大本能的天平上，他极大地倾向于死亡这一边。正因为如此，上尉是个懦夫。

彭德顿上尉也可以说是一个博学之士。在他还是个年轻的中尉和单身汉的那些岁月里，他有许多看书的机会，因为他的那些军官同僚在单身营房里往往避免去他的房间，要不然就是成双或成群地去看他。他的脑子里塞满了学术般严谨的统计资料和信息。例如，他能够详尽地描述一只龙虾稀奇古怪的消化器官，或者一只三叶虫的生命周期。他能用三种语言非常得体地说话和书写。他有几分天文学的知识，并阅读了大量的诗歌。可是，尽管上尉有许多支离破碎的知识，在其一生中，他的大脑里却从未有过一个自己的见解。因为一个见解的形成需要把两种或更多的已知知识融会贯通，而这点是上尉没有勇气去做的。

今晚，他独自坐在书桌旁，无法工作，此时，他并没有拷问自己的感受。他又想起二等兵威廉斯的面孔。然后，他回忆起隔壁兰登夫妇那天晚上与他们一起吃饭的情景。莫里斯·兰登少校是他妻子的情人，但上尉对此并没有耿耿于怀。而是突然想起很久以前的一个晚上，那时他刚结婚不久。那天晚上，他也是这么不开心，躁动不安，觉得适合以一种怪异的方式缓解自己。他驱车进了哨所附近的小城，他当时被派驻在那里，他停好车，在街上走了很长时间。那是晚冬的一个夜晚。在步行的过程中，上尉遇到一只在一户门口徘徊的小猫。那只猫找了个隐蔽处，好让自己暖和些；上尉弯下身子发现它正在打呼噜。他捧起那只猫，感到它在自己手心里颤抖。他久久地端详着那柔软、温顺的小脸，抚摸着那温暖的软毛。那只猫的年龄很小，也就刚刚能睁开它那清澈碧绿的眼睛。最后上尉带上那只猫，继续沿着街道走。在拐角处有一个邮筒，他快速扫视了一下四周，打开那冰冷的投信口，把那只猫塞到里面去了。然后，他继续往前走。

上尉听到后门砰的一声关上了，于是他离开了书桌。在厨房里，他的妻子坐在桌子上，苏西，那个黑女佣，正在给她脱靴子。彭德顿太太不是正宗的南方人。她是在部队出生、长大的，她的父亲原籍是西海岸，退役前一年已升至陆军准将的军衔。而她的母亲是南卡罗来纳州人。上尉妻子的行为方式倒是颇有南方人的味道。他们家的煤气炉虽不像她祖母的炉子那样积了好几代的灰尘，但绝对谈不上干净。彭德顿太太还持有许多南方人陈旧的观念，比如说，她认为油酥点心或面包如果不是在大理石桌面上擀的，那就不适合食用。正因为如此，有一次，上尉被指派到斯科菲尔德兵营去工作，他们还一路上把桌子托运到夏威夷，然后又运回来，就是她现在坐在上面的那张桌子。倘若上尉的妻子偶然在她的食物里发现了一根黑色的鬈发，她就镇定地在餐巾上把它擦掉，然后若无其事，连眼睛都不眨一下，接着享用她的饭菜。

　　"苏西，"彭德顿太太说道，"人像鸡一样也有砂囊吗？"

　　上尉站在门口，他的妻子和他的用人都没有注意到他。彭德顿太太脱掉靴子后，光着脚在厨房里四处走动。她从烤箱里拿了一块火腿，在上面撒上红糖和面包屑。她又给自己倒了一些酒，这次只倒了半杯，突然间，她热情奔放地跳了一会儿摇跃舞。上尉对他妻子十分恼火，她也知道。

"求求你，莉奥诺拉，上楼去把鞋子穿上。"

作为回应，彭德顿太太尽自哼着一曲奇怪的小调，从上尉身边走过，进了客厅。

她的丈夫紧跟在她后面。"你这样在房子里转悠，样子就像是一个荡妇。"

壁炉里放着柴火，彭德顿太太弯腰去把它点燃。她那光滑可爱的脸此时涨得通红，上嘴唇渗出闪闪发光的小汗珠。

"兰登夫妇现在随时就要来，我想，你就打算像这样坐下来进餐？"

"当然了，"她说道，"为什么不能这样，你这老古板？"

上尉冷漠、严厉地说道："你让我恶心。"

彭德顿太太突然报以一阵大笑，这笑声既轻松又粗鲁，仿佛她听到了某件早就预料到的丑闻，或者是想到了什么俏皮的笑话。她脱下她的运动衫，把它揉成一团，扔到房间的角落里。然后，她故意把马裤解开，从腿上脱下来。顷刻之间，她就这么赤裸裸地站在壁炉边上。在鲜艳的金黄色火光映照下，她的身体美极了。双肩匀称平直，这样，锁骨便构成了一条清晰而完美的线条。在她圆润的双乳之间，几条纤细的青筋清晰可见。几年后，她的身体就会像长着疏松花瓣的玫瑰那样因完全成熟而松弛下来，但眼下，由于运动，那柔软而丰满的身子却显得紧致而错落有致。虽然她站在那里，颇为安静而温和，可在她周身隐隐约约有一种颤动的质感，仿佛你一触碰她的肉体就会感觉到底下鲜艳的血液在缓慢而充满活力地流动着。当上尉像一个脸上挨了一耳光的男人那样愕然而愤怒地看着她时，她却在往楼梯走的途中不慌不忙地走向了门厅。前门是开着的，从外面黑色的夜幕中吹进一阵微风，吹起了一缕她那松散的古铜色的头发。

她上到台阶的中间时，上尉才从震惊中缓过神来。于是，他颤抖着追赶她。"我要杀了你！"他哽咽地说道，"我会说到做到的！我会说到做到的！"他一只手伸向楼梯的扶栏，蹲下身子，一只脚踏在第二个台阶上，仿佛即刻就要腾起扑向她。

她慢慢转过头来，漠然地朝下看了他一会儿，然后说："龟儿子，你有没有被一个浑身赤裸的女人抓住衣领，拖到街上揍过？"

她已经撇下上尉走了，他还直挺挺地站着。然后，他的头耷拉在他伸出的手臂上，身子靠在楼梯的扶栏上。从他的嗓子里传出像抽泣一样的粗粝的声音，但他的脸上却没有泪水。过了一会儿，他站起身来，用手帕擦了擦脖子。直到这时，他才注意到前门是开着的，房子里灯火通明，而且所有的遮阳窗帘都升起来了。他莫名其妙地感到一阵恶心。任何人都有可能经过房子前面那黑暗的街道。他想起了那个士兵，刚刚他才把他一个人留在树林的边上。甚至他有可能都已经看到了所发生的一切。上尉惊恐地环顾四周的一切。然后，他进了书房，他在那里存放着一瓶陈年烈性白兰地。

　　莉奥诺拉·彭德顿既不怕男人、野兽，也不怕魔鬼；至于上帝，她从来就不知道是怎么回事。一提到主的名字，她只想起她老父亲，他有时在礼拜天下午读《圣经》。至于那本书，她清楚地记得两件事：一件是，耶稣在一个叫加略山的地方被钉死在十字架上[①]——另一件是，耶稣曾在某个地方骑过公驴，可什么样的人愿意骑一头公驴呢？

　　不到五分钟，莉奥诺拉·彭德顿就已经忘了与她丈夫吵架这件事了。她放好洗澡水，并摆好晚上要穿的衣服。莉奥诺拉·彭德顿是哨所里的女人们津津乐道的八卦话题。据她们说，她过去和现在的风流韵事构成了一个内容丰富、有关她情场战绩的集锦。但这些女人所讲的大多是传闻和猜测，因为莉奥诺拉·彭德顿是个喜欢安定、讨厌复杂关系的人。她嫁给上尉的时候还是个处女。婚礼后过了四个夜晚，她依然是个处女，第五个夜晚，她的身份状况发生了变化，也只是让她感到有些困惑而已。至于后来的事情，这就很难说了。她本人很可能已经根据她自己的一套规则估算过她的那些风流韵事——按照她的算法，在莱文沃斯献身于那个老陆

---

① 耶稣受难地在各各他(Calvary)，与加略山(Cavalry)一词形近。可知她对于上帝，的确"从来就不知道是怎么回事"。

军上校只能算是半途而废，委身于夏威夷的那个年轻的中尉也就几次。可近两年来，只有莫里斯·兰登少校，没有其他人。对他，她感到满足。

在哨所里，莉奥诺拉·彭德顿享有一个好女主人、一个优秀的女运动员，甚至是一个贵妇人的声誉。但她身上有某种东西还是令她的朋友和熟人感到困惑。他们感觉到她性格中有一种他们说不清道不明的成分。事情的真相是她有点愚笨。

这一可悲的事实并没有在派对上、马厩里，或餐桌上暴露出来。只有三个人对此心照不宣：她的老父亲，那个将军为此可没少操心，直到她平平安安地嫁人了；她的丈夫，他把这视为所有四十岁以下的女人的一种自然状态；莫里斯·兰登少校，他为此越发爱她。就算是威胁要严刑拷打她，她也无法算出十二乘以十三是多少。如果真有必要让她写一封信，比如，写个短笺感谢她叔叔送给她一张生日支票，或写信订购一副新的辔头，这对她来说可是件繁重的事情。她与苏西就像两耳不闻窗外事、一心向学的学者那样把她们自己关在厨房里。她们在备有许多纸和几支削得很尖的铅笔的桌子旁坐下来。等最后一稿完成，并誊写后，她们俩已精疲力竭，急需喝上一杯来定定神，恢复元气。

莉奥诺拉·彭德顿那天晚上的热水浴洗得很舒坦。她慢慢地穿上她已经摆放在床上的衣服。她穿着一条普通的灰色裙子，一件蓝色的兔毛衫，戴着一对珍珠耳环。七点钟的时候，她回到楼下，客人们已在等候。

她和少校都觉得这顿晚餐是一流的。头一道是清汤。其次是配着火腿、浸透着很多油的芜菁叶，以及蜜饯番薯，上面厚厚地浇着甜椒酱，在灯光下泛着透明的琥珀色。还有面包卷和热的奶蛋软糕。苏西只给客人传过一次蔬菜，然后就把端上来的菜肴放在少校和莉奥诺拉之间的桌子上，因为这两个人都是吃货。少校一只肘搁在桌子上坐在那里，完全是一副无拘无束的样子。他那棕红色的面庞带有一种不是外人、和蔼而亲切的表情；在军官和士兵中间，他都大受欢迎。除了提及"火鸟"这个意外事件之外，席间几乎没有什么闲谈。兰登太太几乎没有碰她的食物。她是一个个头矮小、皮肤黝黑的柔弱女子，长着大大的鼻子和一张敏感的嘴巴。她病得很厉害，而且脸上就能看出来。她不只是身体上的疾病，忧伤和焦虑已经把她折磨到了极点，所以实际上她现在已到了疯狂的边缘。彭德顿上尉肘部紧贴在身体的两侧，笔直地坐着。他只说过一次话，诚挚地祝贺少校获得了一枚勋章。席间有好几次他轻弹着水杯的边缘，听它发出清晰的共鸣声。晚餐最后上了一道热的甜馅饼。饭后，四个人进了客厅打牌、聊天，打发夜晚余下的时光。

"亲爱的，你的厨艺简直棒极了。"少校惬意地说道。

并非只有坐在桌子边上的那四个人。在秋天黑暗的窗外，还站着一个男子，他正静悄悄地注视着他们。夜晚很冷，松树那清新的气息令空气平添了几分寒意。风在附近的森林里呼啸。天空中闪烁着寒冷的星光。注视他们的那个人站得离窗户很近，以致他呼出的气息都显现在冰冷的窗户玻璃上。

在彭德顿太太离开壁炉，上楼走向她浴室的时候，二等兵威廉斯的确看到了她。这位年轻的士兵平生从未见过一个赤身裸体的女人。他是在一个清一色男性的家庭里长大的。他的父亲开了一个只有一头骡子的农场，礼拜天在圣洁堂讲道，从他那里他了解到，女人身上带有一种致命的传染病，能使男人眼瞎、腿跛、注定下地狱。在部队，他也听说过许多关于这种严重疾病的传言，他自己甚至每月要接受一次医生的检查，看他是否接触过女人。二等兵威廉斯打八岁以来，从未主动触碰或看过一个女性，也没主动对女人说过话。

他在收集林子深处那一抱抱潮湿、繁茂的秋叶时弄得有些晚。最终完成任务后，他要去食堂吃晚饭，路上从上尉家的草坪穿过。无意中，他瞥了一眼那灯火通明的门厅。打那刻起，他发现那一幕就再也没有从他脑海里消失。他一动不动地站在那寂静的夜幕中，胳膊无力地垂在身体的两边。吃晚饭的时候，切好火腿后，他费力地吞咽着。可他一直以严肃、深沉的目光凝视着上尉的妻子。他那无言的面部表情虽然没有因为他经历了那一幕而发生变化，但他不时眯起那金褐色的眼睛，仿佛在内心深处他正在酝酿着某种巧妙的计划。上尉的妻子离开餐厅后，他还在那里站了一会儿。然后，他转身慢慢地走了。他身后的灯光在草坪那平整的草皮上投下了他巨大而模糊的身影。士兵像个心头压着一个噩梦的人那样走着，但其脚步却悄然无声。

第二章

第二天一大早，二等兵威廉斯就动身前往马厩。太阳还没有升起来，天色苍白，空气寒冷。薄雾像乳白色的丝带紧挨着潮湿的大地，天空呈银灰色。通往马厩的小路经过一个将保留地尽收眼底的绝壁。树林披上了深秋的色彩，在松树那墨绿色当中点缀着一块块显得突兀的深红色和黄色的色斑。二等兵威廉斯在满是树叶的小道上缓慢地行走着。偶尔他干脆停下来，站着一动不动，就像一个人在听着远方的召唤那样。他那晒得黝黑的皮肤在晨曦中闪闪发光，双唇还有早餐喝牛奶时留下的白色痕迹。就这样游荡闲逛，走走停停，他到达马厩的时候，太阳正好升上天空。

马厩里面差不多还是一片漆黑，而且也没有人四处走动。里面的空气沉闷，温暖，有股酸酸甜甜的味道。当士兵在畜栏间穿过时，他能听到马平静的呼吸声、昏昏欲睡的吸气声和嘶鸣声。马那明亮的眼睛无声地转向他。年轻的士兵从口袋里掏出一包糖，很快，他的双手就沾满了口水，暖暖的，黏糊糊的。他走进一个小母马的畜栏，这匹马差不多就要生小马驹了。他抚摸着它那隆起的肚子，双臂搂着它的脖子站了一会儿。然后，他把那些骡子放出来，赶进围栏里。士兵单独和这些牲口在一起的时间并不长——不久，其他人也来报到值班了。这天是星期六，是马厩里忙碌的日子，因为上午有为哨所里的儿童和妇女开的马术课。不一会儿，马厩里就人声嘈杂，还有沉重的脚步声；畜栏里的马也开始烦躁起来。

彭德顿太太是这天早晨第一批来骑马的人之一。像往常一样，与她一起来的是兰登少校。今天是彭德顿上尉陪着他们，这可不同寻常，因为他通常是一个人骑马，而且是在临近傍晚的时候。他们三个人坐在围场的栅栏上，等着人给他们的坐骑套上马鞍。二等兵威廉斯先把"火鸟"放了出来。上尉的妻子前一天抱怨的马所受到的伤害被严重夸大了。在马的左前腿上有轻微的擦伤，已经被抹了碘酒。马被牵出来，一见到耀眼的阳光，就紧张地鼓起鼻孔，扭动着长脖子，东瞅瞅、西瞧瞧。它的皮毛被梳刷得像绸缎一样光滑，阳光下，它的鬃毛既厚密又亮泽。

就纯种赛马而言，这匹马乍看起来似乎长得过大，而且太粗壮。它那超乎寻常的腰部宽大而肥胖，它的腿也有点粗。但它跑起来却激情似火，出奇地优雅，有一次在卡姆登，它的速度超过了它自己的种马父亲，一匹高大的冠军马。彭德顿太太骑上去的时候，它两次扬起前腿直立起来，试图逃向跑马道。然后，它使劲顶着马嚼子，拱起脖子，把尾巴翘得高高的，猛地侧步而行，鼻口部冒出白沫。就在马和骑手这么较劲的时候，彭德顿太太放声大笑，热烈而兴奋地对"火鸟"说："你这可爱的老混蛋，你！"这种较劲来得快去得也快，突然就停止了。实际上，这种轻浮的闹腾每天早晨都有，所以也几乎不能再被称为真正的较劲了。这匹缺乏训练的两岁的马刚来到马厩的时候，那可不是闹着好玩的事。有两次，彭德顿太太可被摔惨了，还有一次，她骑马回来的时候，士兵们都看到了，她把下唇差不多都咬穿了，结果她的运动衫和衬衫上都是血。

可现在这种日常的短暂较劲有一种夸张、做作的神态——这是一出滑稽可笑的哑剧，既是自娱自乐的表演，也是表演给旁观者看的。即使马嘴上出现了白沫，它的动作也有点做作，故意装出发怒的样子，好像知道有人在看它。等一切结束之后，它就静静地站着，并叹了一口气，与年轻的丈夫对待妻子的样子十分相像，丈夫向心爱而凶悍的妻子做出让步时，也会笑着叹口气，耸耸肩。除了这些装模作样的反叛以外，这匹马现在训练得极好。

在马厩里值班的士兵给所有常来骑马的人都起了绰号，他们之间交谈时用的就是这些。兰登少校被称为水牛。这是因为他骑在马背上的时候，总是弯下他那笨重的大肩膀，低着头。少校是个优秀的骑手，还是个年轻的中尉时，他就已经在马球场上极负盛名了。不过，彭德顿上尉就根本谈不上是个骑手，尽管他本人没有自知之明。他准确无误地挺直腰杆，坐在骑术教练教的那个位置上。如果他可以从后面看到他自己那个姿势的话，或许他根本就不会骑马了。他的臀部摊在马鞍上，松弛地颠簸着。正因为如此，士兵们都管他叫拍屁股上尉。彭德顿太太干脆就叫夫人，可见，她在马厩里多受尊敬。

今天早晨，三个骑手一开始不慌不忙地缓步而行，彭德顿太太打头。二等兵威廉斯站在那里，目送他们在视野中消失。不久，他从马蹄踢着坚硬的路面所发出的响亮的声音中可以听出，他们突然加快速度，已经开始慢跑了。这会儿，阳光更加灿烂，天空颜色加深，变成了暖洋洋的湛蓝色。在新鲜的空气中，有动物粪便和燃烧树叶的味道。士兵就这么站了很久，最后中士朝他走过来，和蔼地大声说道："喂，傻啦，你就打算在这里一直呆呆地看吗？"马蹄声再也听不到了。年轻的士兵把额头上的刘海往后面一拢，开始慢慢地干活。他整天一言未发。

后来，在那天临近夜晚时分，二等兵威廉斯穿上崭新的衣服出门，走进了树林。他沿着保留地的边缘一直走到他为彭德顿上尉清理过的那片林子。那座房子不像之前那样灯火通明了。只能看到楼上靠右边的一个房间以及连着餐厅的那个小走廊里的灯光。士兵走近的时候，他发现上尉一个人在书房里；上尉的妻子当时在楼上亮着灯的房间里，窗帘拉下来了。像这个街区的所有房子一样，这栋房子也是新的，所以院子里还没来得及生长灌木。但上尉让人移植了十二棵女贞，沿边成排，这样，这地方就不会显得那么光秃秃的。由这些长着厚密树叶的常青树遮挡着，士兵就不容易被人从街上或隔壁的房子里看到。他站得离上尉很近，如果窗户开着的话，上尉都可以探出身子用手触摸到他。

彭德顿上尉坐在书桌旁，背对着二等兵威廉斯。他在看书时，一直烦躁不安。桌上除了书和文件之外，还有一只紫色的玻璃酒瓶、一热水瓶茶水和一包香烟。他一边喝热茶，一边喝红葡萄酒。每隔十到十五分钟，他就在琥珀烟嘴里再放一根香烟。他一直工作到凌晨两点钟，而士兵就这么看着他。

从这天夜晚开始，有一段时间十分奇怪。士兵每天晚上都回到这里，经由树林靠近，然后看着上尉家房子里发生的一切。餐厅和客厅的窗户上都有网眼窗帘，透过这些窗帘他能看到里面，而他自己却不容易被发现。他站在窗户的侧面，斜着朝里面看，这样，灯光就照不到他的脸上。屋里也没有发生什么大不了的事情。通常，他们出门在外面度过一个晚上，直到午夜后才回来。有一次，他们招待六个客人吃晚饭。不过，大多数晚上，他们都是与兰登少校在一起度过的，他要么是自己一个人来，要么是同他妻子一道过来。他们总是在客厅里喝酒、打牌、聊天。士兵的眼睛一直盯着上尉的妻子。

就在这段时间，人们注意到二等兵威廉斯身上的一种变化。他还保持着新近养成的习惯，突然停下来，两眼久久地发呆。他常常在忙着清扫畜栏，或给骡子装鞍具时，好像突然间会陷入恍惚的状态。他会站着一动不动，有时候，甚至有人在叫他名字时，他也没有反应。马厩里的中士注意到了这种现象，感到很不安。他偶尔在年轻的士兵身上也见过类似的怪习惯，他们渐渐开始思念家乡和女人了，并打算"开小差"。可当中士询问二等兵威廉斯时，他回答说他压根儿什么都不在想。

年轻的士兵说的是实话。虽然他的脸上带着凝神定气、专心致志的神情，但他的脑子里却没有任何有意识的计划和想法。深深印在他脑海中的是那天夜晚他从上尉家灯火通明的门廊前经过时所见到的那一幕。但他并没有有意识地去想"夫人"或其他任何东西。不过，他确实有必要停下来，在这种恍惚的状态中等待，因为在他内心深处，已开始有一种模糊的东西在缓慢地萌芽。

在士兵二十年的人生当中，有四次他是主动行事的，而且不是在迫在眉睫的环境压力下做的。在这四次行动中，每次事先都出现过与此相同的奇怪的恍惚状态。这些行动中的第一次是莫名其妙地突然买了一头奶牛。到他是个十七岁的小伙子的时候，他已经通过犁田和摘棉花积攒了一百美元。用这笔钱，他买了这头奶牛，给她取名鲁比·朱厄尔①。在他父亲那只有一头骡子的农场里压根儿就不需要奶牛。他们要是卖牛奶的话也属非法，因为他们那简易的马厩无法通过政府的检查，可奶牛产出的奶又远远超出他们那个小家庭的需求。在冬天的早晨，小伙子总是黎明前就起床，提着灯笼出门到牛棚里去。在挤奶的时候，他总是把额头紧贴在奶牛温暖的侧腹上，温柔而急切地跟她说悄悄话。他把窝成杯状的双手伸进起着泡沫的奶牛桶里，一口一口缓慢地喝着。

第二次行动是他突然强烈地宣告他信仰上帝了。在他父亲礼拜日讲道的那个教堂里，他总是静静地坐在后排的一张长椅上。但在奋兴布道会期间的一个晚上，他突然跳到台上。他呼喊着上帝，声音奇怪而狂热，接着便在地板上抽搐打滚。后来，他有一个星期都无精打采，再也没有这样体会到神灵的存在。

第三次行动是他犯下的一桩罪行，并成功地掩饰过去了。第四次就是他应征入伍。

所有这些事件，每次都发生得很突然，就他而言，都没

---

① 原文为"Ruby Jewel"，英文意思是"红宝石"。

有刻意规划。尽管如此,他还是以一种奇特的方式为它们做了准备。比如说,就在他购买奶牛之前,他有半晌就那么站着凝视着空中,然后把谷仓边上一个用来储藏杂物的披屋清理出来;当他把奶牛牵回家的时候,就已经为她备好了地儿。同样,在他入伍之前,他就已经把他那些琐碎的事情井然有序地安排好了。可直到数好钱,把手扶在笼头上时,他才真正知道自己将要买一头奶牛。直至他跨过征兵办公室的门槛时,他心中那朦胧的印象才凝聚为一个想法,于是,他意识到他要当兵了。

差不多有两个星期时间,二等兵威廉斯就这样秘密地在上尉住处周围侦察着。他了解了这家人的生活习惯。那个用人通常十点钟上床。彭德顿太太晚上要是在家的话,她大概十一点上楼,然后她房间里的灯就关灭了。一般来说,上尉大约从十点半一直工作到两点。

然后,在第十二个夜晚,士兵穿过树林时走得比平时慢得多。从很远的地方,他就看到屋子里的灯是亮着的。天空中闪烁着明亮的白色月光,寒冷的夜晚泛着银白色。这样,士兵在走出树林,越过草坪时能被人看得清清楚楚。他的右手握着一把小折刀,他把笨拙的靴子换成了网球鞋。客厅里传来说话的声音。士兵上前走向窗户。

"给我再发一张牌,莫里斯,"莉奥诺拉·彭德顿说道,"这次给我一张大牌。"

兰登少校和上尉的妻子在玩二十一点①。赌注可观，而且他们计算的方法很简单。如果少校赢了桌上的所有筹码，那么，一个星期，"火鸟"归他——如果莉奥诺拉赢了的话，她就可以得到一瓶她最喜爱的黑麦威士忌酒。最后一小时，少校很快赢了大多数筹码。火光把他英俊的脸庞照得通红，他用靴子的后跟在地板上敲击着军队击鼓的节奏②。他两鬓的黑发在逐渐变白；修剪过的胡须已经变成灰白色。今晚，他穿着制服。他那笨重的肩膀耷拉着，他似乎真诚地感到满足，只是在他朝他妻子那边扫视过去的时候，他那轻松愉快的目光就会现出不安和恳求的神色。在他对面，莉奥诺拉一副专注、严肃的样子，因为她正在桌子底下扳着手指算十四加七等于多少。最终，她把牌放下了。

"我爆牌了吗？"

"没有，亲爱的，"少校说，"正好 21。黑杰克。"

彭德顿上尉和兰登太太坐在壁炉前。两个人谁心里都不舒服。他俩今天晚上都神经兮兮的，一直用令人担忧的活泼劲谈着园艺活。他们这样神经质是有充足理由的。这些日子，少校一点也不像过去那样，是个轻松自如、无忧无虑的

---

① 二十一点，又名黑杰克（blackjack），一种牌戏。在游戏中，每个玩家都争取拿到最接近二十一点的牌，但是不能超过二十一点，超过为"爆牌"（busted），即失败，只有最接近二十一点的人才有可能得到胜利。

② 英文"military tattoo"原来指的是部队用击鼓或吹号表示的"归营号"，昔时夜间以此命令士兵归营。这里指的是这种归营号击鼓的节奏。

人了。甚至连莉奥诺拉都隐约感觉到了那种抑郁的氛围。由于某种原因，几个月前这四个人中间发生了一件奇怪而悲惨的事情。一个深夜，他们就像这样坐着，这时候，发着高烧的兰登太太突然离开房间，跑向她自己家。少校并没有立刻跟着她走，因为他喝威士忌酒喝得晕晕乎乎的，正陶醉着呢。后来，阿纳克莱托，兰登夫妇的菲律宾籍用人，嚎啕大哭地冲进房间，表情狂乱，像疯了似的，以致他们一句话也没说，就跟着他跑了。他们发现兰登太太昏迷不醒，她用园艺剪刀把自己乳房上那对细嫩的乳头剪了下来。

"你们有谁想喝点什么吗？"上尉问道。

他们全都渴了，于是，上尉回到厨房，去再取一瓶苏打水。他知道，局势不能再这样发展下去了，他为此内心感到深深地不安。然而，尽管他妻子与兰登少校之间的风流韵事对他来说十分痛苦，但一想到任何可能的变化，他无不感到恐惧。实际上，他的痛苦很特别，因为他既嫉妒自己妻子的情人，也同样嫉妒自己的妻子。在过去的一年中，他逐渐对少校产生了一种情感上的关心，这是他所了解到的最接近爱的一种关心。他渴望得到这个男人的注意，这种渴望胜于其他一切。他风度十足地戴着他那顶绿帽子，无所顾忌，这在哨所里得到了尊重。此刻，他在给少校倒水时，手在颤抖。

"你工作得太辛苦，韦尔登，"兰登少校说，"我告诉你一件事——这不值得。你的健康才是第一位的，因为如果你没有了健康，你还能怎样？莉奥诺拉，你还要一张牌吗？"

在彭德顿上尉给兰登太太倒水时，他避开了她的眼睛。他太讨厌她了，简直连看她一眼都受不了。她非常安静而拘谨地坐在火炉前，织着毛衣。她的脸色死人般的苍白，双唇肿得厉害，且伴有皲裂。她那温柔的黑眼睛带着发低烧般的光芒。她二十九岁，比莉奥诺拉小两岁。据说，她曾有一副好嗓子，但哨所里从未有人听到她唱过歌。上尉在看她手时，感到一阵恶心。她那纤细的双手几乎骨瘦如柴，手指长而脆弱，绿色的血管从指关节向腕关节开着精细的分叉。在她正在编织的毛衣那深红色羊毛的衬托下，她的双手苍白得令人作呕。上尉经常设法以卑劣而狡诈的方式来伤害这个女人。他厌恶她首先是因为她对他本人根本不感兴趣。上尉鄙视她还因为她曾经帮过他一个忙——这她知道，但一直秘而不宣，这件事要是传出去的话，他可就成了最痛苦而尴尬的人了。

"又给你丈夫织毛衣啦？"

"不是，"她轻声说道，"我还没拿定主意我到底打算用它来干什么呢。"

艾莉森·兰登非常想哭一场。她一直想着她的婴儿，凯瑟琳，她三年前就死了。她知道自己应该回家，让她的男仆，阿纳克莱托伺候她上床。她痛苦而紧张不安。她甚至连自己都不知道在为谁织这么个毛衣这件事对她来说都是烦躁的一个起因。正是在得知她丈夫的事情后她才开始沉湎于织毛衣的。起先，她为他织了许多毛衣。然后，她为莉奥诺拉织了一套。在最初几个月里她还不怎么能相信他会对她如此不忠。当她最终轻蔑地放弃了丈夫的时候，她不顾一切地求助于莉奥诺拉。这样，在遭到背叛的妻子与她丈夫的性爱对象之间开始了一种奇特的友谊。这种病态的情感依恋，交织着义愤和嫉妒，她知道这有失自己的身份。这种依恋很快便自动终结了。此刻，她感到眼泪涌上了她的眼睛，于是，她喝了一点威士忌来使自己打起精神，尽管因为她的心脏问题她是不能喝酒的。她自己实际上并不喜欢这种酒的味道。如果真的需要的话，她更喜欢来一小杯某种蜜糖利口酒，或一点雪莉酒，甚至是一杯咖啡。但眼下她喝威士忌是因为它就在她跟前，别的人都在喝，而且也没有别的事可做。

"韦尔登！"少校突然大声叫喊道，"你太太在作弊！她在牌下面偷看，想知道她是否需要这张牌。"

"不，我没有。我还没来得及看你就逮住我了。你抓到什么牌啦？"

"我都对你感到奇怪，莫里斯，"彭德顿上尉说道，"牌桌上的女人你绝不能相信，难道你不知道吗？"

兰登太太带着一种心存戒备的表情看着他们善意地打趣，这种表情通常只有在那些久病之人的眼里才可见到，这种人特别在意别人是体贴还是疏忽大意。从她冲回家自残的那个夜晚起，在内心深处，她就一直有一种挥之不去、令其恶心的羞耻感。她确信，看着她的每一个人都一定在想着她所做的事情。但实际上，这桩丑闻被捂得还是挺紧的；除了那些当时在房间里的人，只有医生和护士知道所发生的事情，还有那个年轻的菲律宾用人，可他打十七岁起就跟着兰登太太，而且他崇拜她。此时，她停下手头的编织活，用指尖摸了摸自己的颧骨。她明白，她应该起身离开这个房间，与她丈夫彻底决裂。可最近她一直被一种可怕的无助感控制着。她究竟能去哪里呢？当她设想接下来的日子时，各种怪念头就潜入她的脑海，她为许多紧张不安的强迫症所困。已经到了她像害怕别人那样害怕她自己的地步了。而且，由于她始终无法脱身，她感到她即将大难临头了。

"怎么啦，艾莉森？"莉奥诺拉问道，"你饿了吗？冰箱里有些切好的鸡片。"最近几个月里，莉奥诺拉对兰登太太说话的样子常常是怪怪的。她夸张地操纵着自己的嘴巴，咬文嚼字，用小心翼翼、通情达理的声调说话，这种声调人们只有在对一个可怜的傻子说话时才会用的。"鸡胸肉和鸡腿肉都有。非常好的。嗯哼？"

"不用了，谢谢你。"

"肯定不用吗，亲爱的？"少校问道，"你什么都不要吗？"

"我还好。可你能不能——？不要那样用脚后跟在地板上敲。这让我很烦。"

"对不起。"

少校从桌子底下抽出腿，在椅子的一侧跷起二郎腿。表面上，少校天真地认为他的妻子对他的风流韵事一无所知。然而，这种心理安慰的想法对他来说已经变得日益难以维持了；看不清真相的压力已令他患上了痔疮，且几乎打乱了他本来良好的消化功能。他设法并成功地将她明显的苦恼看作是某种病态和女人的事情，是他根本无法控制的。他想起他们结婚后不久发生的一件事。他带着艾莉森出去打鹌鹑，虽然她练习过射击，但她之前还从来没打过猎。他们把一窝鸟赶出来，他还记得冬季落日余晖映照下飞鸟在空中构成的图案。由于他在看着艾莉森，所以他只打下一只鹌鹑，就那只鸟，他还颇有风度地坚持说是她打下的。可当她从狗的嘴里拿下那只鸟的时候，她的脸色变了。那只鸟还活着，于是，他满不在乎地猛击它的头部，然后把它还给了她。鸟在坠落时不知怎么地已弄得很糟糕，她手握那个羽毛竖起还有点余温的小小的鸟身，看着那已失去生命的呆滞的小黑眼睛。然后，她突然大哭起来。这就是少校所说的"女人"和"病态"意思所指的那种情况；而要把这一切都弄明白，对一个男人来说也没有什么好处。同样，这些天，当少校为他妻子而苦恼时，作为一种自卫方式，他就本能地想起一个叫温切克中尉的人，此人是少校自己营里的一个连长，也是艾莉森的一个密友。所以，此刻，在她的脸色令他良心不安的时候，为了安慰她，他就说：

"你是说你下午是和温切克在一起吗？"

"对，我在那里。"她说道。

"那好。你觉得他怎么样？"

"挺好的。"她突然决定要把毛衣送给温切克中尉，因为他正好能用得上，她希望毛衣的肩膀织得不是太宽。

"那个家伙！"莉奥诺拉说，"我真不明白你到底看上他什么了，艾莉森。当然，我知道你们大家聚在一起，谈论一些卖弄学问的东西。他称呼我'夫人'。他受不了我，他说'是的，夫人'，'不，夫人'。还是想想吧！"

兰登太太稍稍苦笑了一下，但没有置评。

这里有几句话或许是这位温切克中尉应得的评价，尽管除了兰登太太之外，他在哨所里对任何人来说都无足轻重。他在部队服役没有混出个样子来，因为他都快年届五十了，但从未为自己挣到上尉的军阶杠。他的眼睛给他带来很多麻烦，以致他很快就要退役了。他住在专门留给单身中尉的公寓楼里，里面大多数人都是刚从西点军校毕业出来的。在他那两个小房间里塞满了他一生积攒下来的东西，其中包括一台大钢琴、一架子留声机唱片、好几百本书、一只安哥拉大猫以及十几棵盆栽植物。他在客厅的墙上种了某种绿色的葡匐植物，地板上放着空啤酒瓶或咖啡杯，常常可能会把人绊倒。最后要提的是，这个老中尉还拉小提琴。从他的房间里总会传出那种走调的乐声，是某种出自弦乐三重奏或四重奏那毫无修饰的旋律，这声音令从走廊经过的年轻军官直挠头皮，相互挤眉弄眼。兰登太太经常傍晚时分来这里做客。她和温切克中尉总要演奏莫扎特的奏鸣曲，或在火炉前喝咖啡、吃蜜饯生姜。除了其他不利因素之外，中尉还很穷，因为他正在努力把两个侄儿培养到中学毕业。他只好从许多微不足道的小地方开始节约起，勉强维持生计，他仅有的一件军礼服非常破烂，因此，他只参加一些非去不可的社交活动。在兰登太太得知他自己缝补衣服之后，她就养成了习惯，总是把自己的针线活带过来，在缝补丈夫的衣服时，也把中尉的内衣和家常日用织品一并处理了。有时候，他们俩还坐上少校的汽车一道出行——到大约一百五十英里以外的城里去听音乐会。在这样的场合，他们会带上阿纳克莱托一起去。

"这一手，我要压上全部赌注，如果我赢了，所有的筹码就都是我的了，"彭德顿太太说，"我们该结束了。"

在彭德顿太太发牌时，她设法从自己的腿上捡起一张A和老K，给自己凑成了21点。房间里的每个人都看到了这个小动作，少校也暗自发笑。少校在把椅子往后推之前，在桌子底下轻轻拍了拍莉奥诺拉的大腿，这个动作大家也都看到了。与此同时，兰登太太起身，把毛衣放进袋子里。

"我得走了，"她说，"不过，你留在这里，莫里斯，不要把派对搞散了。大家晚安。"

兰登太太十分缓慢而僵硬地走了，她走后，莉奥诺拉说："我不知道她现在哪里不舒服。"

"没什么好说的，"少校可怜兮兮地说，"不过，我想我得走了。我们就玩到这里吧。"

兰登少校真不愿离开这令人快乐的房间，他在与彭德顿夫妇道了晚安后，还在屋前的人行道上站了一会儿。他抬头看着星星，心想，人生有时候就是件麻烦事。他突然想起那死去的婴儿。这一路走来有多混乱！艾莉森在分娩时紧紧抓着阿纳克莱托不放（因为他，少校，受不了了），她歇斯底里地大叫了整整三十三个小时。医生说："你用的劲还不够，使劲收缩腹肌。"医生这么说的时候，嗨，可倒好，那菲律宾小东西也总是用劲，他双膝弯曲，汗水直流，随着艾莉森一遍又一遍地发出恸哭声。后来，当一切都过去之后，他们发现那个婴儿的食指和无名指是长在一起的，少校只觉得，要是非要他去碰那个婴儿的话，他会浑身战栗的。

时间慢慢地挨了十一个月。他们被派驻到了中西部，他总是在外面冒着雪进门，结果发现，冰箱里只有一些像金枪鱼沙拉冷盘之类的东西，而医生和受过正规训练的护士倒是满屋都是。阿纳克莱托总是在楼上，拿尿布对着灯光来判断粪便，又或许是替艾莉森抱着婴儿，而她则嘴巴紧闭，在房间里踱来踱去，踱来踱去。当全部事情结束后，他只觉得一阵轻松。可艾莉森并不这样！这让她多么痛苦而沮丧啊！烦透了，简直烦透了！对，人生可能就是悲哀的。

少校打开前门，看到阿纳克莱托正从楼梯上下来。这个小菲律宾人走起路来优雅而淡定。他穿着拖鞋，浅灰色裤子和一件宽松的浅绿色亚麻布上衣。他那扁平的小脸呈乳白色，一双乌黑的眼睛闪闪发光。他似乎没有注意到少校——但当他到了楼梯底下时，他慢慢抬起右腿，脚趾像芭蕾舞演员那样弯曲着，轻松地微微一跳。

"傻瓜！"少校说，"她怎样了？"

阿纳克莱托挑了挑眉毛，非常缓慢地闭上他那细腻洁白的眼睑。"很疲倦。"①

"啊！"少校愤怒地说道，因为他法语一个字也不会说，"什么唔哩嘛哩！我是说，她怎么样了？"

"这是——"②可阿纳克莱托自己也仅仅是最近才开始学习法语的，他不知道表示"鼻窦"这个词的法语。不过，他还是有尊严地回答了问题，令人印象极其深刻，"乌鸦主人栖息在树上，③少校，"他顿了顿，打了个响指，然后，仿佛是在大声地自言自语，闷闷不乐地补充道，"准备了一些

①②③　原文为法语。

036

非常诱人的热汤。"

"给我调制一杯古典鸡尾酒①。"少校说。

"我突然就做。"阿纳克莱托说。他很清楚"突然"不能代替"立刻"这个词，因为他讲的都是经过仔细推敲、吐字优美的英语，而且声调同兰登太太一模一样；他犯这样的错误只是为了把少校弄得更糊涂。"等我把托盘准备好，并把艾莉森夫人安顿舒服了就给您做。"

根据少校的手表，准备这个盘子就花了三十八分钟时间。这个小菲律宾人在厨房里劲头十足地四处转悠，并从餐厅里拿进来一盆花。少校把他那毛茸茸的拳头背在臀部上看着他。期间，阿纳克莱托一直在喋喋不休地自言自语，语调温柔而快活。少校听到了一些关于鲁道夫·塞金先生的事情，还有一只在糖果店柜台四周走动的猫，毛上沾上了一块块花生糖。与此同时，少校为自己调好了酒，并煎了两只鸡蛋。这三十八分钟的托盘准备好后，阿纳克莱托双脚交叉地站着，双手紧扣背在脑后，慢慢摇动着身子。

"天哪！你可真是个稀有人物②，"少校说，"要是能让你到我的营里去，我还有什么做不了的！"

小菲律宾人耸了耸肩。大家都知道，他认为上帝在造人的时候犯了天大的错误，除了他自己和艾莉森夫人——这里

---

① 由威士忌、苦啤酒、水、砂糖、柠檬片和樱桃制成的古典鸡尾酒。
② 原文为"rare bird"，字面意思是"珍禽"，这里指不寻常的人，罕见的人。

的例外就只有舞台上的人、侏儒、伟大的艺术家，以及诸如此类令人难以置信的人。他心满意足地低头看着托盘。托盘上摆着一块黄色的亚麻布、褐色陶瓷水壶盛的一壶热水、汤杯，以及两块浓缩汤料。右角有一只蓝色的中国小饭碗，里面放着一束像羽毛般柔软的米迦勒节紫菀。阿纳克莱托非常谨慎地伸手向下，摘了三片蓝色的花瓣，把它们放在黄色的餐巾上。今天晚上，他并不是真的像他表现出来的那样快活。有时候，他的眼神很焦虑，还不时地瞥一眼少校，眼光狡黠、敏捷，而且还带着谴责。

"我来把托盘拿上楼去。"少校说，因为他明白，虽然里面没什么可吃的，但这是某种讨他妻子欢心的事情，他为此或许会得到赞许。

艾莉森拿着一本书，支撑着坐在床上。戴着老花镜，她的脸似乎只有鼻子和眼睛了，而且，她嘴角的四周都是病态的青色阴影。她穿着一件白色亚麻布睡衣和暖色调的玫瑰色丝绒短外套。房间里很安静，壁炉里生着火。没有什么家具，房间由于铺着浅灰色小地毯，挂着鲜红色的窗帘，看上去空空的，非常简陋。艾莉森在喝清汤的时候，少校就坐在床边的一把椅子上，显得无聊，于是，他试图想出什么要说的话。阿纳克莱托在床四周轻轻地动来动去的。他吹着一首轻快、悲伤而清脆的曲调。

"哎，艾莉森夫人！"他突然说道，"您感觉好些了吗？

我要跟您谈件事。"

她放下杯子，取下眼镜。"哎呀，什么事呢？"

"这个！"阿纳克莱托把脚凳挪到床边，急切地从自己的口袋里抽出一些小布片。"这些样品我是预订来供我们先看看的。回想两年前的那个时候，当时我们从纽约市佩克＆佩克店的橱窗经过，我指着一套小礼服给您看。"他从样品里挑了一个递给了她，"这个料子制得跟那个一模一样。"

"可我不需要礼服，阿纳克莱托。"她说。

"哦。您需要的！您都一年多没买过一件衣服了。而且那绿色的连衣裙肘部已经磨旧①了，都准备捐给救世军②了。"

阿纳克莱托在说出那个法语短语的时候，带着恶意，极其快活地朝少校瞟了一眼。在这安静的房间里听他们在一起谈话，总是让少校感到十分怪异。他们的语气和发音如此相似，似乎他们在暗暗地彼此附和。唯一的区别就是，阿纳克莱托说起话来喋喋不休、上气不接下气，而艾莉森的声音从容不迫、泰然自若。

"那多少钱呢？"她问道。

"价格昂贵。可甭指望这种质地的衣服会有丝毫便宜。想想它有多耐穿吧。"

---

① 原文为法语。
② 救世军是 1865 年在伦敦创立的一个基督教组织，该组织旨在传播基督教，并帮助穷人。

艾莉森又转向她的书。"我们考虑考虑吧。"

"天哪，就去把它买下吧。"少校说。听到艾莉森讨价还价，他就心烦。

"我们买的时候可以再订购一码布，这样，我就可以做一件上衣了。"阿纳克莱托说。

"好的，如果我决定买的话。"

阿纳克莱托给艾莉森倒了药，在她喝药的时候，他给她做了个鬼脸。然后，他在她背后放了一个电热垫，给她梳头发。可在他动身走出房间的时候，他简直无法就这样从壁橱门上的那个穿衣镜旁一走而过。他停下脚步，照了照自己，踮起一只脚，昂了昂头。

接着，他转身面对艾莉森，又开始吹起口哨。"那是什么来着？上个星期四下午您和温切克中尉演奏的那个。"

"弗兰克 A 大调奏鸣曲开始的小节。"

"瞧！"阿纳克莱托兴奋地说道，"正是此刻，它令我创作了一首芭蕾舞曲。黑色的天鹅绒幕布和冬天黄昏般的余晖。所有的演员，非常缓慢地。然后，聚光灯像火焰般照射着那个独舞者——非常帅气，伴随着谢尔盖·拉赫玛尼诺夫先生①演奏的华尔兹舞曲。接着，最后部分回到弗兰克的奏

---

① 谢尔盖·拉赫玛尼诺夫（Sergei Rachmaninoff，1873—1943），俄国作曲家、钢琴家和指挥家。他被普遍认为是他那个时代最优秀的钢琴家之一，作为作曲家，他是俄国古典音乐中浪漫主义最后伟大的代表人物之一。

鸣曲，就在这时候——"他用奇怪、明亮的眼睛看着艾莉森。"醉了！"

说着说着，他开始跳起舞来。一年前，他被俄国芭蕾舞迷住了，再也无法自拔。他没有忘记任何一个技巧，任何一个姿势。在灰色的地毯上，他逐渐减速，以迟缓的形体动作来回舞动，直到他静静地站在那里，穿着拖鞋的双脚交叉着，指尖贴在一起，作沉思状。然后，他毫无征兆地轻松旋转起来，开始了一段热烈的小独舞。从他那欢快的面庞可以明显看出，在他的脑海里，他就在一个巨大的舞台上，是那个耀眼场面里众人瞩目的焦点。艾莉森显然也很愉快。少校以厌恶而难以置信的目光瞧瞧这个，又瞅瞅那个。舞蹈的最后给开头部分来了个醉态的讽刺。阿纳克莱托以一个古怪的小造型收场，一只手托着他的肘部，拳头对着下巴，做出搞笑的困惑表情。

艾莉森突然大笑起来。"好极了！好极了！阿纳克莱托！"

他们一起开怀大笑，那个小菲律宾人斜靠在门上，很开心，但有点眩晕。终于，他歇口气放松下来，惊讶地大叫道："您有没有注意到'好极了'与'阿纳克莱托'韵压得有多好啊？①"

---

① "Bravo"（好极了）和"Anacleto"（阿纳克莱托）这两个英文单词都是以元音 o 结尾，故阿纳克莱托这么说。

艾莉森停止大笑，若有所思地点点头。"真的，阿纳克莱托，我已注意到好多次了。"

小菲律宾人在门口稍微迟疑了一下。他环顾房间四周，以确保没有什么需要做的了。然后，他仔细地看着她的脸，眼睛突然变得机敏而悲伤。"如有什么需要，您就叫我。"他简洁地说道。

他们听到他沿着楼梯开始慢慢往下走，然后加快速度跳了起来。在最后几个台阶，他一定是干了什么要求太高，但根本干不了的事，因为突然传来砰的一声。当少校来到楼梯口的时候，阿纳克莱托勇敢而不失体面地爬了起来。

"他受伤了吗？"艾莉森紧张地问道。

阿纳克莱托眼含愤怒的泪水，抬头看了看少校。"我没事，艾莉森夫人。"他大声说道。

少校探身向前，做着口型以便阿纳克莱托能读懂他的话，缓慢而无声地说道："但——愿——你——摔——断——了——脖——子。"

阿纳克莱托微微一笑，耸了耸肩，一瘸一拐地走进了餐厅。少校回到他妻子身边时，发现她在看书。她没有抬头看他，所以他穿过走廊，走进自己的房间，并砰的一声把门关上。他的房间很小，十分凌乱，里面仅有的装饰品就是他在马术比赛中赢得的那些奖杯。在少校的床头柜上，有一本翻开的书——一本非常深奥且典雅的书。书页上用火柴棒做了记号。少校翻阅了大约四十页，一个晚上看这么多就不少了，他在新的地方又用火柴做了记号。接着，他从衣柜抽屉里一堆衬衣的下面拿了一本叫做《科学化》的通俗杂志。他舒舒服服地躺在床上，开始看起一篇关于疯狂的星际超级大战的文章。

走廊对面，他的妻子已放下书，呈半坐着的姿势躺着。她疼得绷紧着脸，闪闪发光的眼睛焦躁不安地环视着房间四周的墙壁。她正在为未来做打算。她要与莫里斯离婚，这是肯定的。可她要怎样处理这件事呢？首要的是，她与阿纳克莱托怎样才能设法维持生计呢？她一向看不起那些没有孩子，靠接受赡养费生活的女人，她最后剩下的那点自尊心就在于，她不会，也不能在离开他之后还靠他的钱生活。但他们怎么办呢——她和阿纳克莱托？结婚前的那一年，她在一所女子学校教拉丁语，可凭她现在这种身体状况，那是绝不可能的了。在什么地方开书店？一定得是在她生病的时候阿纳克莱托能维持下去的事情。他俩有没有可能经营一艘捕虾船呢？有一次，她曾在海岸上跟一些捕虾的渔民聊过。那天，海滨蓝色和金黄色交相辉映，他们跟她讲了许多事情。她和阿纳克莱托整天待在大海上，撒着网，只有寒冷的海风、大海和太阳——艾莉森在枕头上烦躁不安地转着头。可那有多低俗啊！

八个月前，当她得知她丈夫的事情时，那对她是一个打击。她与温切克中尉，还有阿纳克莱托去城里旅行，打算待两天两夜，听音乐会和看戏。可第二天她发烧了，于是决定回家。傍晚时分，阿纳克莱托在前门让她下了车，然后把汽车开回车库。她停在前面人行道上看着植物的球茎。屋子几乎一片漆黑，只有她丈夫的房间里亮着一盏灯。前门是锁着的，就在她站在那里的时候，她看到莉奥诺拉的外套放在门厅的柜子上。她心想，如果彭德顿夫妇在里面的话，前门竟然锁着，这多奇怪啊。然后，她突然想起来了，他们在厨房里调和饮料，而莫里斯在洗澡。于是，她绕到了后面。可就在她要进屋子的时候，阿纳克莱托从楼梯上冲了下来，小脸显得如此惊骇！他低声说，他们必须到十英里之外的城里去，因为他们把东西忘在那里了。就在她十分茫然，起身上楼梯的时候，他一把抓住了她的胳臂，干脆而惊恐地说："您现在绝不能进去，艾莉森夫人。"

这给她带来的打击太大了。她和阿纳克莱托回到了汽车里，又开走了。这种奇耻大辱的事情竟然发生在她自己的屋子里——她无法咽下这口气。这时，恰恰就在这时，他们在前哨站减速停了下来，因为一个新来的不认识他们的士兵在站岗，他把汽车拦了下来。他朝小汽车里看，仿佛他们有可能藏着一挺机关枪，然后又站在那里盯着阿纳克莱托看，他当时穿着焦橙色时髦的夹克，眼看着就要失声痛哭了。他问他的姓名，那语气表明，他不相信他们之间有可能会把其中一个人弄得如此紧张。

她再也不会忘记那个士兵的面孔了。当时，她压根儿没打算说出她丈夫的姓名。那年轻的士兵就这么等着，凝视着，一言不发。后来，在她开车去接莫里斯的时候，她在马厩里又见过这名士兵。他有一张高更①笔下原始人的那种奇怪、表情专注的脸。他们互相打量了可能有一分钟时间，最后，一个军官走过来了。

她和阿纳克莱托一言不发地在严寒中开了三个小时的车。在那之后，她有了夜里生病和感到焦躁不安时所制订的计划，有了那些随着太阳升起立刻就会显得非常愚蠢的规划。还有了那个晚上，她从彭德顿家跑回家，干了那件可怕的事情。她看到了挂在墙上的那把园艺剪刀，愤怒而又绝望得发疯，她想刺杀自己。但那把剪刀太钝了。然后有一会儿，她一定是完全精神错乱了，因为她自己都不知道这到底是怎么发生的。艾莉森哆嗦着，双手捂着脸。她听到她丈夫打开他的房门，把靴子拿出去放在外面的门厅里。她迅速把自己房间里的灯关了。

少校看完杂志，又把它藏在抽屉里。他最后喝了一口，然后舒舒服服地躺在床上，仰望着黑夜。第一次遇到莉奥诺

---

① 保罗·高更(Paul Gauguin, 1848—1903)，法国后印象派画家、雕塑家，与凡·高、塞尚并称为后印象派三大巨匠。高更的创作受到原始艺术的影响很大，他要求抛弃现代文明以及古典文化的阻碍，回到更简单、更基本的原始生活方式中去。

拉让他想起了什么呢？那是婴儿死亡后的那年发生的事情了，当时有整整十二个月，艾莉森要么是住院，要么就像幽灵一样在房子四周徘徊。然后在他来到这个哨所的第一个星期，他在马厩那里遇到了莉奥诺拉，她提议领着他四周看看。他们离开了马道，策马飞奔，好极了。当他们拴好马休息的时候，莉奥诺拉在附近看到了几丛黑莓，于是说，她不妨多采择一些，好给晚餐做一份水果馅饼。天哪！在他们一起在黑莓丛周围匆匆地摸来摸去，往他帽子里装黑莓的时候，就发生了第一次。上午九点，他们相遇才两个小时！即使是现在，他简直也难以置信。可当时这对他来说是个什么情形呢？哦，对啦——那就像野外军事演习，一个寒冷的雨夜，在一个漏雨的帐篷里一直颤抖。然后拂晓起床，发现雨已停了，太阳又出来了。再看着那些帅气的士兵在营火上煮咖啡，看到那些火花升上洁白的天空。一种美妙的感觉——世间最美好的感觉！

少校内疚地一阵傻笑，把头藏在被单下面，立即开始打起呼噜来。

十二点三十分，彭德顿上尉独自在书房里发愁。他正在写一本专著，那天晚上几乎没有什么进展。他已经喝了很多酒和茶，抽了几十支烟。最终，他干脆彻底放下了手中的活，此刻正在房间里来回焦躁不安地走着。有时候，一个男人最大的需求就是去爱一个人，给散乱的感情找到某个焦点。也有的时候，对生活的恼怒、失望和担忧，像游动的精子一样因得不到满足而焦躁不安，必须在仇恨的对象中得到释放。可不幸的上尉没有仇恨的对象，最近几个月，他一直苦不堪言。

艾莉森·兰登，这个大鼻子女约伯[①]，还有她那个可恶的菲律宾人——这两个人，他深恶痛绝。但他却无法恨艾莉森，因为她没有给他机会。欠她一份人情，这让他烦恼不已。她是这个世界上唯一了解他性格中某种可悲缺陷的人；彭德顿上尉有小偷的倾向。他总想拿走他在别人家里看到的东西，他一直在不懈地抵制着这种冲动。可还是有两次这一弱点击败了他。他还是个七岁孩子的时候，他就十分迷恋曾经打过他的那个校园恶棍，结果，他从他婶婶梳妆台里偷走了一个老式的储发罐[②]来作为爱的礼物。二十七年后，在哨所这里，上尉再次没能抵挡住冲动。

在一个年轻的新娘招待的晚宴上，他被一件银餐具深深地吸引着，以致他把它揣在口袋里带回家了。这是一个不同寻常、漂亮的小甜品匙，雕镂得很精致，而且非常古老。上

---

① 约伯，《圣经》中的人物，历经危难，但仍坚信上帝，转义指极能忍耐的人。
② 储发罐，维多利亚时代放在梳妆台上的一个盖子上有孔的小罐子，用来存储从刷子和梳子上剔下来的头发。因为当时头发有多种回收利用的用途，例如，可以填充小包，用来支撑妇女的发型，还可以填充小的装饰衬垫。

尉不可救药地被它迷住了（在他那个位置的其他银器都很普通），而且最终没有抵制住诱惑。经过某种熟练的操作之后，他已经将他的战利品妥妥地收入囊中，此时，他才意识到，与他比邻而坐的艾莉森看到了这一盗窃行为。她正正地直视他的脸，表情极其惊讶。即使他现在想起这一幕，他都不禁不寒而栗。就这么令人恐惧地久久凝视之后，她突然放声大笑——没错，是大笑。她笑得太厉害，以致她都呛着自己了，还得有人给她捶背。最后，她给自己找了个借口，离开了餐桌。在那折磨人的整个晚上，只要他看她，她都对他报以如此这般嘲弄的微笑。打那以后，每当他在她家餐桌上做客的时候，她都谨慎而又机警地提防着他。那把甜品匙现在就藏在他的壁橱里，用一块丝帕仔细地包裹着，藏匿在那个他放疝气带的盒子里。

　　但尽管如此，他还是不能恨艾莉森。他也不能真的恨他的妻子。莉奥诺拉把他给气疯了，但即使是在妒忌发作最疯狂的状态下，他也无法恨她恨到超过恨一只猫、一匹马或一头小老虎。上尉在他书房里四处走动，有一次，他烦躁地踢了一脚那关闭的房门。如果艾莉森最终下定决心要与莫里斯离婚，那将会是怎样一种局面？他受不了估计这种可能性，想到被撇下，孤零零的一个人，他好难过。

　　上尉好像听到有声音，便立刻停了下来。屋子里并没有动静。前面已经说过，上尉是个胆小鬼。一个人的时候，他有时会被一种毫无来由的恐惧攫住。而眼下，他站在寂静无声的房间里，他的紧张和苦恼仿佛不是由他自己和别人内心的力量引起的，这种情况在某种程度上他可以控制——而是由某种他只能朦胧意识到的不祥的外部情况造成的。上尉提心吊胆地在房间里四下查看。然后，他把书桌整理干净，打开了房门。

莉奥诺拉在客厅壁炉前的地毯上睡着了。上尉低头看了她一眼，暗自笑了。她翻了个身侧躺着，他在她屁股上快速轻轻地踢了一脚。她嘟囔了一声什么火鸡填料之类的话，但没有醒来。上尉弯下腰，晃晃她，对着她的脸说话，最后才把她扶起来了。但像个必须被唤醒，带到厕所里去完成晚上最后一件事的孩子，莉奥诺拉有那种即使站着都能继续睡觉的本事。上尉在费力地把她领向楼梯的时候，她的眼睛闭着，还在嘟囔着什么火鸡。

"我要是给你脱衣服，我就是下作。"上尉说道。

可他是怎么把她放在床上的，莉奥诺拉就这么坐在那里，在看了她几分钟后，他又笑了，并脱掉了她的衣服。他没有给她穿上睡衣，因为衣柜的抽屉一片混乱，他找不到睡衣。而且，莉奥诺拉总是喜欢像她说的那样，"一丝不挂地"睡。她在睡觉的时候，上尉起身走向墙上的一张照片，这张照片多年来给他带来了乐趣。这是一张大约十七岁少女的相片，照片的底端写着感人的题词："献给莉奥诺拉，很爱你的布茜。"这张杰作装饰莉奥诺拉卧室的墙壁已有十多年了，被带着绕了半个地球。布茜有一段时间是莉奥诺拉在寄宿学校的室友，但在问到有关她的情况时，莉奥诺拉含糊地说，似乎她曾听说布茜几年前淹死了。实际上，逼问她这件事之后，他发现她甚至都不记得这个布茜的正式姓名。然而，仅仅是因为习惯，照片挂在墙上已有十一年了。上尉再次看了一眼躺在那里睡觉的妻子。她是体热之人，被子已经被拉到她裸露的乳房下面了。她在睡梦中微笑着，上尉想起来了，她现在正在吃自己在梦中准备的火鸡呢。

上尉服用速可眠胶囊，他的这一习惯已持续了很久，以致一颗胶囊对他已毫无效果。他认为，由于他在步兵学校工作很辛苦，他夜不能寐，第二天早晨还不得不精疲力竭地起床，这对他来说真是太过分了。没有足够的速可眠，他睡不沉，而且多梦。今天晚上，他决定服用三倍的剂量，他知道这样他就会立刻酣然入睡，而且一睡就是六七个小时。上尉把胶囊吞下，带着惬意的期待在黑暗中躺下。这个剂量的药给他带来一种独特的快感；这就仿佛一只巨大的黑鸟飞落在他的胸部，用凶猛的金黄色眼睛看他一眼，然后用黑色的翅膀悄悄地拥抱着他。

二等兵威廉斯在房子外面等，一直等到灯灭了将近两个小时。星光暗了一点，黑色的夜空已经变成了深紫色。然而，猎户星座依然明亮，北斗星也闪烁着奇妙的光辉。士兵绕到房子的背后，并悄悄地试了一下纱门。门从里面扣上了，他知道会是这样的。但门有点松，士兵将刀片插进门缝，把搭扣挑了起来。后门本身并没有锁。

进了屋子后，士兵先等了一会儿。屋里一片漆黑，没有一点声音。他睁大模糊的双眼盯着四周，直到他适应了黑暗的环境。房子的布局他已经熟悉了。长长的前厅和楼梯把房子一分为二，一边是宽大的客厅，再往后面是用人的房间。另一边是餐厅、上尉的书房和厨房。楼上靠右边有一间双人卧室和一间小卧室。靠左边是两间中等大小的卧室。上尉用的是大房间，而他的妻子则隔着走廊睡在他对面的房间里。士兵小心翼翼地沿着铺了地毯的楼梯往上走。他行动从容镇定。"夫人"房间的门是开着的，士兵到达的时候没有犹豫。他像一只猫那般轻盈、悄无声息地走了进去。

绿色朦胧的月光弥漫着整个房间。上尉的妻子还像她丈夫离开时那样睡着。她那柔软的头发散落在枕头上，她那随着呼吸平稳起伏的胸部半裸着。黄色的丝质床单铺在床上，一瓶打开的香水瓶使空气中散发着令人昏昏欲睡的香味。士兵踮着脚非常缓慢地走到床边，朝上尉的妻子俯下身去。月光柔和地照射在他们的脸上，他离得这么近以致他都能感觉到她那温暖、均匀的呼吸。在士兵那严肃的眼睛里，一开始有一种专注、好奇的表情，但片刻之后，他那凝重的脸上就唤起了一种极乐的神态。年轻的士兵感觉到身上有一种平生从未体验过的强烈而异样的甜蜜感。

他就这么站着有好一会儿，身子与上尉的妻子贴得很近。然后，他手扶窗台，稳住身子，极其缓慢地在床边蹲了下来。他用宽大的拇指球平衡自己的身子，挺直后背，有力而细长的手搭在膝盖上。他的双眼圆溜溜的，像琥珀色的纽扣，刘海乱蓬蓬的一团搭在前额。

在此之前有好几次，二等兵威廉斯的脸上有过这种幸福突然被唤醒的表情，但当时哨所里没有人看见他这样。如果在这样的时候他被人看到的话，那他就要受到军法审判了。事实上，在士兵长距离漫步穿过保留地树林时，有时候他并非只是一个人。当他下午可以请假离岗的时候，他从马厩里带上一匹马和他一道。他离开哨所，骑大约五英里的路程到达一个隐蔽的地点，这里不管离哪条道都很远，难以到达。在树林的这个地方，有一块平坦的空地，上面覆盖着伴有青草味、泛着铮亮古铜色的野草。在这个偏僻的地方，士兵总是给他的马解下马鞍，让它自由活动。然后，他脱掉衣服，躺在这块林地中央的一块扁平的大岩石上。因为有一样东西这个士兵没有是不行的——阳光。即使在最寒冷的日子，他也总是裸体躺着，一动不动，让阳光渗入他的肉体。有时候，还裸着身子，他就站起来，溜到没有戴马鞍的马背上。

他的马是一匹年老无力的普通军马，除了二等兵威廉斯，与任何人在一起，它只会两种步伐——笨拙的小跑和摇摆木马那样的快跑。但与士兵在一起，这个动物突然发生了一种不可思议的变化；它小步慢跑或者以单步快速行走，带着骄傲、坚定的优雅姿态。士兵的身体呈淡棕色，他保持身子挺直。不穿衣服，他显得那么细长，以致肋骨那清晰的曲线轮廓都能看到。当他在阳光下四处慢跑时，双唇有一种会令他那些兵营里的伙伴感到吃惊的性感、粗野的微笑。这样的远足结束之后，他回到马厩，筋疲力尽，不与任何人说话。

二等兵威廉斯在"夫人"房间里蹲在她的床边，直到天快亮的时候。他一动不动，没有发出任何响声，眼睛也没有离开过上尉妻子的身体。然后，在天即将破晓的时候，他再次手扶窗台，保持身体平稳，小心地站起来。他走下楼梯，谨慎地关上身后的后门。天空已呈淡蓝色，金星正在逐渐隐退。

第三章

艾莉森·兰登度过了一个痛苦的夜晚。直到太阳升起，军号吹响了起床号，她才睡着。在那漫长的几个小时里，许多怪异的想法让她深感不安。就在拂晓的时候，她甚至想象，她几乎可以确定，她看到有人从彭德顿家的屋子里出来，随后离开，走进树林。就在她终于入睡后不久，一阵大声喧哗把她吵醒了。她匆匆忙忙地穿上睡衣，下楼，发现自己面对的是这样令人震惊而又荒唐的一幕。只见她的丈夫手里拎着一只靴子，围绕着餐厅的饭桌一圈又一圈地追逐着阿纳克莱托。他脚上穿着短袜，但其他地方都是为星期六上午视察穿的制服。跑的时候，他的剑撞击在屁股上砰砰作响。看到她的时候，两个人都立刻停了下来。接着，阿纳克莱托赶紧躲在她背后。

"他故意这么干的！"少校义愤填膺地说道，"我都已经迟到了。六百士兵在等着我呢。瞧，就请你看一眼，看看他给我拿来了什么！"

　　靴子确实很难看。看起来就好像是它们上面用面粉和水擦过。她把阿纳克莱托训斥了一顿，并监督他把靴子擦洗干净。他可怜巴巴地哭着，但她横下心硬是不去安慰他。干完后，阿纳克莱托说起什么要离家出走，在魁北克开一个亚麻制品商店之类的事情。她拎着擦亮的靴子走向她的丈夫，一句话也没说就这么递给他了，但也带着关心他的神情。这时，她的心脏感到不舒服，于是，带着书又回到了床上。

　　阿纳克莱托把她的咖啡送到了楼上，然后开车到部队的小卖部购买星期天需要的东西。临近中午时，她看完了书，正在看窗外艳阳高照的秋日时，他又来到她的房间。此时，他显得轻松愉快，已经忘了因靴子的事情遭到的责骂。他把火又烧旺了些，然后悄悄打开衣柜顶部的抽屉胡乱翻弄。他拿出一个小巧的水晶打火机，这是她用一个老式的香料嗅瓶做的。这个小装饰品令他非常着迷，所以几年前她就把它送给他了。可他仍然把它与她的物品放在一起，这样，他就有了随心所欲地打开那个抽屉的正当理由。他请求借用她的眼镜，盯着罩在衣柜上面的亚麻布看了很久。然后，他用拇指和食指捏起不怎么能看得见的东西，小心翼翼地把这粒灰尘捏着带到废纸篓里。他不停地自言自语，但她不理会他的唠叨。

　　如果她死了，阿纳克莱托将会怎么样？这是一个不断困扰着她的问题。当然，莫里斯已经向她承诺，决不会让他陷入贫困——但如果莫里斯再婚，他肯定会这样干的，那么，这样的承诺又有什么价值呢？她记起七年前在菲律宾时的情形，当时阿纳克莱托刚到她家。他是一个多么令人心疼、奇怪的小东西啊！他遭到其他男仆的百般作弄，以致他整天跟着她寸步不离。甚至连有人看他一眼，他都会放声大哭，紧握双手。他都十七岁了，但他那苍白、机灵、害怕的面孔还是一个十岁孩子的那种天真的表情。当他们准备回到美国时，他乞求她带着他一起走，她就这么做了。他们两个人，她和阿纳克莱托在一起，也许可以设法在这个世上生活下去——但如果她不在了，那他可怎么办呢？

"阿纳克莱托，你幸福吗？"她突然问他。

这个小菲律宾人不是那种因任何出乎意料、私密的问题而感到不安的人。"哎呀，当然啦，"他不假思索，立刻说道，"当您身体好的时候。"

阳光和火光把房间照得一片通明。在一面墙上有一条舞动着的光谱，她一边注视着，一边心不在焉地听着阿纳克莱托那柔和的话语。"我发现很难明白的是他们知道什么。"他还在说。通常，他会用这样一句含糊而难以理解的话作为一次讨论的开场白，于是，她等着在后面理解这句话的含义。"直到我伺候您很久之后，我才真正相信您知道。现在我可以相信其他人所知道的东西，除了谢尔盖·拉赫玛尼诺夫先生。"

她向他转过脸去。"你在说什么呀？"

"艾莉森夫人，"他说，"您自己真的相信谢尔盖·拉赫玛尼诺夫先生知道椅子是人们坐在上面的东西，而闹钟是给人显示时间的吗？如果我当真脱下我的一只鞋子，并把它举到他的面前，说：'这是什么，谢尔盖·拉赫玛尼诺夫先生？'那么，他会像其他任何人一样回答说：'嗨，阿纳克莱托，那是一只鞋子。'我自己发现这很难明白。"

拉赫玛尼诺夫独奏会是他们听的最后一次音乐会，因此，从阿纳克莱托的角度来说，那是最好的。她本人并不喜欢拥挤的音乐厅，宁愿花钱买唱片——但偶尔逃离哨所倒是挺好的，而且这些远行是阿纳克莱托生活中的乐趣。原因之一是他们可以在旅馆里住上一晚，这对他来说是一件极大的乐事。

"您是否觉得我拍拍您的枕头，您就会更舒服些？"阿纳克莱托问道。

还有最后一次音乐会那天晚上的晚餐呢！阿纳克莱托穿着他那件橙色丝绒短上衣，自豪地跟在她后面庄重地步入饭店的餐厅。在轮到他点餐的时候，他把菜单举到面前，然后全然闭上眼睛。令那个黑人服务生惊讶的是，他竟然用法语点餐。尽管她想放声大笑，但她还是抑制着自己，以她能够装出的最庄重的姿态按照他说的翻译——仿佛她是他的女家庭教师或者侍女之类的。由于他法语水平有限，他点的这一餐相当奇怪。他的那点法语还是从他书里一篇叫《蔬菜园》①的课文里学来的，所以他点的只有卷心菜、豆角和胡萝卜。这样，等到她给自己点餐的时候，她又替他加点了一份鸡肉，阿纳克莱托把眼睛睁开了一会儿，仅足以向她表达深沉的感激之情。穿着白色外套的服务生们像苍蝇一样聚在周围，围观这一幕，而阿纳克莱托太兴奋，点的菜连碰都没碰一下。

"我们听些音乐吧，"她说，"我们就听勃拉姆斯的 G 小调四重奏吧。"

"很有名的②。"阿纳克莱托说道。

他放上第一张唱片，坐在壁炉旁的脚凳上专心致志地听起来。可第一节，钢琴与弦乐器之间那优美的对歌还没来得及播放完，就传来了敲门声。阿纳克莱托在大厅里对什么人说话，又关上门，然后关掉了留声机。

"彭德顿太太。"他扬了扬眉毛，低声说道。

"我知道，放这种音乐，我就是在楼下敲门敲到世界末日你们也都决不会听见我。"莉奥诺拉进房间时说道。她在床尾一屁股坐下来，坐得那么重，感觉好像她把一根弹簧都压断了。这时候，莉奥诺拉想起来艾莉森身体欠佳，于是，

①② 此处原文为法语。

她也试图表现得像有病一样，因为她认为那才是病房里行为得体的表现。"你认为今晚你能行①吗？"

"行什么？"

"哎呀，天哪，艾莉森！我的派对呀！我就像个黑鬼一样一直忙活了三天，把什么都准备好了。我一年可就举行两次这样的派对。"

"当然行了，"艾莉森说道，"我只是一时把这事给忘了。"

"听着！"莉奥诺拉说，她那朝气蓬勃、泛着玫瑰色的面庞突然满怀期待地变得红似火焰。"我真希望你现在就能看到我的厨房。派对将做如下安排。我要在餐桌上铺满树叶，大家可以就绕着桌子，饭菜自取。我还要备几只弗吉尼亚火腿、一只巨大的火鸡、炸鸡、冷猪肉片、许多烧排骨，以及像腌洋葱、橄榄和萝卜等各种各样的小玩意儿。热面包卷和小奶酪饼干已经分好了。盛潘趣酒的大酒杯在角落里，对那些喜欢喝纯烈性酒的客人，我要在餐具柜上备八夸脱的肯塔基波本威士忌、五夸脱的黑麦威士忌和五夸脱的苏格兰威士忌。从城里请来的一个演员还将拉手风琴——"

"可究竟谁会把这些食物都吃了呢？"艾莉森问道，说

---

① 原文"make it"是个多义词，既表示"做到，办成"的意思，也有"病痛好转"的意思。莉奥诺拉实际上指的是后者，即她是想问艾莉森今晚身体是否会好些。但鉴于下文艾莉森有意无意地曲解莉奥诺拉的话，故作此译。

着还打了个呃逆。

"整个营房的人呀，"莉奥诺拉热切地说道，"从'老宝贝'妻子往下的每个人我都打过电话了。"

"老宝贝"是莉奥诺拉给哨所将军起的名字，而且她当着他的面就这么叫他。对将军，与对所有男人一样，她都举止轻率而热和，而将军像哨所里大多数军官一样，也很吃她那一套。将军的妻子很胖，行动迟缓，说起话来滔滔不绝，显得完全不着调。

"今天早晨我过来是有一件事，"莉奥诺拉说，"我想知道阿纳克莱托是否愿意替我上潘趣酒。"

"他会很乐意帮你的。"艾莉森替他答道。

阿纳克莱托就站在门口，对这件事看起来好像不是那么乐意。他责备似的瞥了一眼艾莉森，下楼去料理午餐了。

"苏西的两个兄弟在厨房里帮忙，天哪，那伙人多能吃啊！我从未见过什么能与之匹敌的。我们——"

"顺便问一下，"艾莉森说，"苏西结婚了吗？"

"老天爷，还没呢！她不会与男人有任何瓜葛的。她十四岁的时候就上过当，从此再也忘不了那件事。可为什么要问？"

"我只是好奇，因为我几乎可以确信，昨天深夜我看见有人从后门进了你家，黎明前才出来。"

"那只是你的幻觉。"莉奥诺拉镇定地说。她认为艾莉森颇有点精神错乱，甚至连她最简单的一句话她也不信。

"也许是吧。"

莉奥诺拉感到无聊，准备回家了。尽管如此，她认为到邻居家串门至少要待一个小时，所以她尽本分似的忍耐下去。她唉声叹气，又想表现得有些身体不舒服的样子。她在想，要不是她心里老想着美食和运动，那么，在病房里最得体的话题就是讲点其他疾病。像所有非常愚蠢的人一样，她对吓人的事情有偏好，对这些事情她可以随意沉溺其中，或一股脑地忘掉。她的悲剧节目里大部分仅限于惨烈的运动事故。

"我有没有跟你讲过一个十三岁女孩的故事，她跟我们一起去猎狐，帮我们赶猎狗，结果把自己脖子弄折了？"

"讲过，莉奥诺拉，"艾莉森说道，语气里抑制着恼怒，"你给我讲了每个可怕的细节，都讲过五遍了。"

"这让你很紧张吗？"

"极其紧张。"

"嗯——"莉奥诺拉若有所思地说道。她一点也不为这种断然拒绝所困扰，平心静气地点燃一支香烟。"千万不要听任何人说要这样猎狐。我懂的。我狩猎用过两种方法。听着，艾莉森！"她夸张地做着口型，故意用鼓励的语气说，仿佛在对一个小孩子讲话，"你知不知道怎样追猎负鼠呀？"

艾莉森不耐烦地点点头，又把床单理了理。"把它们赶上树。"

"要步行，"莉奥诺拉说，"那才是猎捕狐狸的办法。我有这么一个叔叔，他在山里有个小屋，我的兄弟们和我过去常常去看他。在太阳下山后的寒冷的傍晚，我们大约有六个人带着我们的狗出发。一个黑人男仆背上背着一大壶上好、芳醇的玉米威士忌会跟在后面随同前往。有时候，我们在山里会整夜追寻一只狐狸。天啊，我不能对你讲这些。不知怎么地——"这种感觉在莉奥诺拉心里，可她无言表达。

"然后，在六点钟的时候喝上最后一口酒，就坐下来吃早餐了。哦，上帝！大家都说我这个叔叔很特别，可他的确安排了丰盛的一餐。一场猎打下来之后，我们进屋来到餐桌前，桌上摆满了鱼子、烤火腿、炸鸡、有巴掌那么大的饼干——"

等莉奥诺拉终于走了之后，艾莉森不知道到底是该笑还是该哭；她有点歇斯底里地笑了一会儿，又哭了一会儿。阿纳克莱托朝她走过来，仔细把莉奥诺拉在床尾上坐出来的那个大凹痕敲平。

"我打算跟少校离婚，阿纳克莱托，"她打住笑声后突然说道，"我今天晚上就通知他。"

从阿纳克莱托的表情上她看不出这对他是不是一个意外。他等了一会，然后问道："那离婚后我们要到哪里去呢，艾莉森夫人？"

在她的脑海里闪现着一连串她在不眠之夜规划的情景——在某个大学城教拉丁语、捕虾、把阿纳克莱托雇出去做苦工，而她领些针线活回来坐在寄宿处做——但她只是说："那我还没有决定。"

"我不知道，"阿纳克莱托思考着说，"彭德顿夫妇会怎样应对这件事。"

"你没必要知道，因为那不关我们的事。"

阿纳克莱托的小脸显得忧郁而若有所思。他站在那里，手搭在床尾。她感到他还有什么问题要进一步向她提出，于是，她抬头看着他，等着。最后，他满怀希望地问道："你觉得我们有可能住在旅馆里吗？"

下午，彭德顿上尉像往常一样，要到马厩去骑马。二等兵威廉斯还在值班，虽然那天四点他就可以下班了。上尉对这个年轻士兵说话的时候，连看都没看他一眼，而且嗓门很高，语气傲慢。

"把彭德顿太太的马，'火鸟'给套上马鞍。"

二等兵威廉斯站着一动不动，凝视着上尉那洁白、绷紧着的脸，"上尉是说？"

"'火鸟'，"上尉重复了一遍，"彭德顿太太的马。"

这道命令不同寻常；彭德顿上尉之前只有三次骑过"火

鸟"，而且每次这样的场合都有他的妻子陪伴。上尉自己没有专门备马，骑的都是部队马厩里的坐骑。在外面的院子里等候的时候，上尉紧张地猛拉自己手套的指尖。等"火鸟"被牵出来的时候，他不满意；二等兵威廉斯套的是彭德顿太太用的那种扁平的英国式马鞍，而上尉偏爱一种军用的麦克莱伦马鞍。在调换的过程中，上尉注视着马那紫色的圆溜溜的眼睛，看到了清澈的马眼睛里映出来的自己那张惊恐的面孔。他在上马的时候，二等兵威廉斯拉着缰绳。上尉直挺挺地坐在马背上，牙关紧咬，双膝拼命地夹着马鞍。士兵仍然手握缰绳，无动于衷地站在那里。

过了一会儿，上尉说：

"咳，二等兵，你看我都坐好了，放开吧！"

二等兵威廉斯后退了几步。上尉紧紧抓住缰绳，大腿用力夹着。可是什么作用也没有。马没有像它每天早晨跟彭德顿太太在一起时所做的那样，用力拉马嚼子，扬起后蹄奔窜，而是静静地等着出发的信号。当上尉意识到这点的时候，他突然感觉到一种不怀好意的喜悦，因而活跃起来。"啊哈，"他想，"她在精神上制服了它，我就知道她会的。"上尉用脚跟刺马，并用他那根编成辫状的短鞭击打它。他们开始在马道上飞驰。

那天下午天气晴朗，阳光明媚。空气清新怡人，松树和腐烂的树叶散发着甜中带苦的味道。在整个广阔的蓝天上看不到一丝云彩。那天这匹没有受过训练的马享受着无拘无束的飞驰带来的快乐，似乎有点儿发疯了。"火鸟"像大多数马一样，如果从牧场牵出来之后立即让其脱缰的话，往往是很难控制的。上尉深知这点；所以，他接下来的行动就显得非常古怪了。他们有节奏地飞驰了也许有四分之三英里，这时候，在事先丝毫没有勒紧缰绳的情况下，上尉突然猛地将马拉起来。他把缰绳拉得如此突然而猛烈，以致"火鸟"失去了平衡，向侧面踉踉跄跄地跑，然后扬起前蹄。接着，它颇为平静地站着，虽受了惊吓但还温顺。上尉感到极其满足。

这一过程重复了两次。上尉让"火鸟"的头部刚刚激起一点自由的快乐，然后又毫无征兆地遏制它。这种行为对上尉来说并不新鲜。他在生活中常常给自己强加许多奇怪而神秘的小惩罚，这种苦修式的行为他原本会发现是很难向别人解释的。

第三次，马照例停了下来，但就在此刻，所发生的事情令上尉很不安，结果他的满足感顿时消失殆尽。就在他们孤零零地在道上站着不动的时候，那匹马慢慢地转过头来，凝视着上尉的脸。然后，它故意向地面低下头去，双耳向后面贴着。

上尉突然觉得他就要被扔掉，不仅是要被扔掉，而且是要被摔死。上尉一直害怕马：他骑马仅仅是因为这是一件要做的事情，而且这是他自我折磨的方式之一。他之所以让人把他妻子那舒适的马鞍换成笨拙的麦克莱伦马鞍，就是因为这种马鞍凸起的前穹给他提供了抓手以防紧急情况。此刻他僵直地坐着，设法同时抓住马鞍和缰绳。然而，如此巨大的恐惧感突然向他袭来，他提前彻底放弃了努力，脚从马镫上滑了出来，双手护着脸，环顾四周，看他会摔在哪里。不过，这种软弱的表现也就持续了片刻。当上尉意识到他毕竟不会被抛下时，一阵巨大的成就感涌上他的心头。他们再次飞奔起来。

道路逐渐通向高处，两旁都是树林。此时，他们逼近那个可以俯视方圆数英里保留地的悬崖峭壁。远处，绿色的松树林在秋日那朗朗天空衬托下构成了一道深色的线条。被这种奇妙的景色所感染，上尉心中萌发出停一会的想法，于是，他收紧缰绳。可就在这里，一件完全出乎意料的事情发生了，一个差点要了上尉性命的事件。他们到达山脊的顶部时，还在艰难地骑行。此时此刻，马儿毫无征兆地神速般向左边来了个急转弯，突然向路堤边俯冲下去。

上尉惊慌失措，未能继续坐在原来的位置。他被抛向前去，趴在马颈子上，双脚脱离了马镫，悬在那里。也不知是怎么回事，他还是设法坚守住了。一只手紧紧抓住马鬃，另一只手无力地抓着缰绳，这样他才得以滑回到马鞍上。不过，他已无能为力了。他们奔跑的速度快得令他眼花缭乱，以致睁开眼睛的时候，他感到头晕目眩。他发现怎么也坐不稳，无法控制缰绳。而且他知道，即便控制住了缰绳，在性命攸关的关键时刻这也是没有用的；他身上已没有力气来阻止这匹马了。他浑身每块肌肉、每根神经只抱定一个目标——坚持下去。凭着"火鸟"从其赛马祖先那里遗传下来的速度，他们飞跃过把悬崖和树林分割开来的那片开阔的草地。草地在阳光下闪烁着青铜色和红色的光。突然间，上尉感到一片微暗的绿色笼罩着他们，于是，他知道他们已经沿着某条狭窄的小径进入了森林。马即便在离开开阔地带之后，看起来它也几乎没有放缓速度。不知所措的上尉呈半蜷缩的姿态。树上的一根荆棘划裂了他的左面颊。上尉虽然不觉得痛，但他真切地看到滴落在他手臂上那鲜红的热血。他趴伏在马背上，以便他脸的右侧可以蹭在"火鸟"脖子上那浓密的短毛上。他拼命地紧紧抓着马的鬃毛、缰绳和马鞍的前穹，根本不敢抬头，生怕被树枝给削了脑袋。

上尉的心里只有三个字。他用颤抖的双唇无声地做着这几个字的口型，因为他已经没有气息低语一声："我完了。"

由于不再指望能够活下来，上尉反而突然开始体验起人生的乐趣。他周身涌动起一阵巨大的狂喜。这种情绪就像那匹马挣脱后突然猛冲一样出乎意料地涌来，这是上尉从未体验过的。他的眼睛半睁着，目光呆滞，就像正处于谵妄状态，但他却突然看到了此前从未见过的东西。这世界就是一个万花筒，在那千奇百怪的幻象中，他所见到的每一幕都像火光一样生动地映在他的脑海中。地面上，有一朵一半掩埋在树叶中的小花，白得耀眼，形状优美。一颗多刺的松果，在微风吹拂的蓝天中一只飞翔的鸟，在绿色的幽暗中射出的一束炽烈的阳光，这些上尉似乎都是平生第一次看到。他嗅着那纯净而清新的空气，他对自己紧张的身体，剧烈跳动的心脏，奇妙的血液、肌肉、神经和骨骼都感到惊讶。上尉此时已然不知恐惧为何物；他的意识水平已上升到罕见的高度，在这样的高度神秘主义者会感到普天下都是他的，而他就是普天下。他侧身紧贴着脱缰的马，血淋淋的嘴巴发出狂喜般的大笑。

这疯狂的骑行到底持续了多久，上尉永远也不会知晓。他只知道快结束的时候，他们跑出了树林，正在开阔的平原上飞驰而过。从他眼角的余光中，他似乎扫视到一个男人躺在一块岩石上晒太阳，一匹马在一旁吃草。这并不令他感到惊奇，瞬间就被他忘了。眼下上尉唯一担心的是，他们再次进入森林的时候，那匹马越来越没有力气，快精疲力竭了。极度担心的上尉心想："要是就这么停下来，那我可就全完了。"

马儿逐渐慢下来，疲惫不堪地小跑，最后干脆停下来，不走了。上尉在马鞍上直起身来，环顾四周。他用缰绳抽打马脸，他们又跌跌撞撞地朝前走了几步。后来，上尉再也无法让马朝前走了。他哆哆嗦嗦地从马上下来。他缓慢而有条不紊地将马拴到一棵树上。他折了一根长树枝，使出剩下的最后一点力气，开始疯狂地抽打马。马大口喘着粗气，皮毛被汗水弄得又黑又鬈，一开始还倔强地围着树打转。上尉不停地打它。后来，马终于站着不动了，并驯服地叹了口气。一汪汗水把马蹄下面松叶的颜色都加深了，它的头也耷拉下来。上尉扔掉鞭子。他被弄得血迹斑斑的，脸和脖子在马那又硬又粗的鬈毛上摩擦引起的疹子都出来了。但他的愤怒还没有平息，他精疲力竭，几乎不能站立。他躺倒在地，头抱在怀里，卧姿很奇怪。远在森林这里，上尉看起来就像是个被扔掉的破洋娃娃。他大声地啜泣着。

上尉短时间里失去了知觉。等他从昏厥中醒过来的时候，过去的事情如梦幻般浮现在他的眼前。他回顾自己逝去的那些岁月，就像一个人凝视井底下那摇摆不定的影像一样。他想起自己的少年时代。他是由五个老姑娘姨妈养大的。他的这些姨妈过得并不苦，除非是独处的时候；她们经常笑声不断，时不时就安排野餐、非常讲究的远足和星期天的会餐，还邀请其他老姑娘参加。然而，她们把他这个小男孩当作一种支撑，来举起她们自己沉重的十字架。上尉从未体验过真爱。他的姨妈们对他表现得过分热情，故作感情四射的样子，殊不知他对她们也是报以虚情假意。此外，上尉是个南方人，他的姨妈们从来不容许他忘掉这点。在他母亲娘家这边，他是胡格诺派教徒①的后裔，这些人十七世纪的时候离开法国，大起义之前一直生活在海地，后来成了佐治亚州的种植园主，直至南北战争爆发。在他身后是一部野蛮而辉煌、破败且贫穷，充满了家族傲慢的历史。但现在这代人已没什么了不起了；上尉唯一的表兄是纳什维尔市的一名警察。由于上尉是个十足的势利小人，内心并无真正的骄傲，因此，他就过分珍视那段逝去的历史。

上尉脚踢松叶，高声啜泣，恸哭声在树林里发出稀疏的回响。然后，他陡然间躺着一动不动，安详静谧。萦绕在他心头许久的一种奇怪的感觉突然变得具体而真切。他确信有人就在他附近。他费力地翻过身来，仰面躺着。

一开始，上尉并不相信他所看到的。离他两码远，斜靠在一棵橡树上，那个面孔让上尉厌恶的士兵朝下看着他。他全身一丝不挂。他那细长的身体在夕阳下闪闪发光。他盯着上尉看，目光模糊、冷漠，仿佛在看他此前从未见过的某种昆虫。上尉惊得目瞪口呆，一动不动。他想说话，但嗓子里只能发出干巴巴的嘎嘎的声音。就在他注视着他的时候，士兵将目光转向了那匹马。"火鸟"依然全身浸透着汗水，而且尾部还有一条条鞭痕。就一个下午的时间，这匹马就从一匹纯种赛马变成了一匹年老无力、只适合耕地

---

① 胡格诺派教徒（Huguenots），指 16—17 世纪法国基督教新教徒，多数属于加尔文宗。

的马了。

上尉躺在士兵与那匹马之间。赤裸的士兵懒得从他四肢张开的身体边上绕过去。他离开自己树边上那个位置，轻轻地从军官身上跨过去。上尉近距离快速看了一眼年轻士兵那只赤裸的脚；这只细长的脚形状优美，高高的脚背上可见一条条青筋。士兵把马从树上解开，以爱抚的姿态摸了摸它的鼻口。然后，他看都没看一眼上尉，就这样牵着马离开，走进茂密的树林。

这一切发生得如此之快，上尉甚至都来不及坐起来或说上一句话。起初，他能感觉到的只是惊讶。他仔细端详着年轻士兵那线条分明的完美体形。他口齿不清地大声叫着什么，但没有得到任何应答。他心头涌起了一股怒气。他对士兵产生了一阵恨意，这种怨恨就像他在脱缰的"火鸟"身上所体验过的快乐那样反常。他生活中的所有屈辱、妒忌以及恐惧都在这盛怒中找到了发泄口。上尉磕磕绊绊地站起来，开始盲目地穿越那渐渐暗下来的树林。

他不知道自己现在身处何处，也不知道离哨所有多远了。他满脑子都是各种能借此让士兵受罪的诡计。在内心深处，上尉知道，这种怨恨就像爱一样充满激情，在他的余生将会与他如影相随。

走了很久之后，这时天都快黑了，他发现他走上了自己熟悉的一条小路。

彭德顿家的派对七点钟开始，半个小时后，前屋就挤满了人。莉奥诺拉庄重地穿着奶油色丝绒礼服，一个人在迎接客人。当客人们问到主人怎么不在家的时候，她回答说，魔鬼把他带走了，她不知道——他也许已离家出走了吧。大家都笑了，重复着她说的话——他们想象着上尉肩上扛着一根棍子，带着包在一块红色大头巾里面的笔记本，步履艰难地远行的样子。他原计划骑马之后，开车进城，或许他的汽车正出故障呢。

　　餐厅里的那张长桌子被大手大脚地摆得满满当当，极其丰盛。空气中弥漫着浓浓的火腿、排骨和威士忌酒的味道，浓得好像用勺子就差不多可以舀着吃似的。从客厅里传来了手风琴的声音，还不时地被一段假声合唱增半音。餐具柜那里也许是最吸引人的地方。阿纳克莱托满脸不乐意的样子，每次吝啬地给客人倒那么半杯潘趣酒，就这么不慌不忙地干着。在他认出独自站在前门附近的温切克中尉之后，他一颗樱桃一块菠萝地舀，忙了有十五分钟的时间，然后为了给老中尉呈上这杯精心调配的饮料，丢下十几个军官在那里等着。有那么多热烈的交谈，简直无法听清任何一个谈话的具体内容。有的在谈新近政府对部队的拨款，有的在闲聊最近发生的一次自杀事件。在一片喧哗声中，客人们警惕地扫视四周，看兰登少校在什么位置，于是，一段笑话就悄悄地在派对上传开了——一个趣闻，大意是那个小菲律宾人在把艾莉森·兰登的尿样送到医院去做尿液分析之前，小心翼翼地往里面洒了香水。派对拥挤得开始有点不可收拾了。已经有一个果馅饼从盘子里掉下来，神不知鬼不觉地被人踩踏，弄得半个楼梯都是印迹。

莉奥诺拉兴奋到了极点。她对每个人都是一句嘻嘻哈哈的老套话，她拍了拍军需官上校，她的一个老相好的秃头。一度，她还离开大厅，亲自端着一杯酒送给那个从城里请来表演手风琴的年轻艺人。"天哪！这小伙子太有才了！"她说。"哎呀，随便你给他哼什么曲子，他全都能拉出来！'啊美丽的红翼鸫'——随便什么！"

"真的很精彩，"兰登少校附和道，然后看了看簇拥在周围的人群，"我太太现在爱好古典的东西——巴赫，你知道的——诸如此类。可对我而言，那就像吞咽一堆蚯蚓。还是来首'快乐的寡妇华尔兹舞曲'吧——那才是我喜欢的类型。音调优美的音乐！"

流畅的华尔兹，还有将军的到来，这才让喧闹声平息了些。莉奥诺拉一直陶醉在她举办的派对中，直到八点钟过后她才开始担心起她丈夫来。男主人迟迟没露面，这已经让大多数客人感到困惑了。甚至有一种强烈的感觉，或许出什么意外了，要不就是马上要发生一起预想不到的丑闻。结果，连最早到达的客人也倾向于继续留下来，早过了这种来来往往的社交活动惯常的时间；屋子里非常拥挤，从一个房间到另一个房间这得要有敏锐的策略意识才行。

与此同时，彭德顿上尉提着马灯等在马道的入口处，值守马厩的中士与他在一起。天黑了很久他才到达哨所，他的说法是，那匹马把他扔下自己跑了。他们希望"火鸟"自己会找到回来的路。上尉把自己受伤、起了疹子发红的脸清洗了一下，然后驾车到医院，在面颊上缝了三针。但他还不能回家。这倒不仅仅是因为在马儿回到畜栏之前他缺乏勇气去面对莉奥诺拉——真正的原因是他在等那个他憎恨的士兵。这个夜晚温暖，明亮，月亮此时处于下弦月。

九点钟的时候，他们听到远处传来了马蹄的声音，在非常缓慢地靠近。不久，就能看到二等兵威廉斯和那两匹马疲惫、朦胧的身影。士兵牵着两匹马的缰绳。他微微眨了眨眼，朝马灯走来。他久久注视着上尉的脸，凝视的目光那么奇怪，中士突然感到很震惊。他不知道怎样对待此事，于是，他就把这一摊子留给上尉，让他自己来处理这种局面。上尉沉默不语，但他的眼睑在抽动，他那僵硬的嘴巴在颤抖。

上尉跟着二等兵威廉斯进了马厩。年轻的士兵给那些马喂饲料，还给它们擦洗全身。他没有说话，而上尉站在畜栏的外面注视着他。他看着那双细长、灵巧的手，士兵那细嫩丰满的脖子。上尉被一种既让他厌恶也令他陶醉的情绪攫住了——这就仿佛他与那个年轻的士兵两个赤条条的身体扭打在一起，在进行一场殊死的搏斗。上尉紧张的腰部肌肉非常虚弱，以致他几乎直不起腰来。在他跳动着的眼皮下面，那目光就像燃烧着的蓝色火焰。士兵默默地干完活，接着就离开了马厩。上尉跟在后面，然后站在那里目送他走进夜幕。他们没有说一句话。

上尉直到上了自己的汽车，这时候他才想起家里的那个派对。

阿纳克莱托晚上很晚才回到家里。他站在艾莉森的房门口，脸色发青，显得十分疲惫，因为一大堆人把他弄得筋疲力尽。"嗳，"他带着哲人的口吻说道，"这世界人多得令人窒息。"

然而，从他那快速微微闪动的眼睛里，艾莉森能看出已经出了什么事。他走进她的浴室，卷起他那件黄色亚麻布衬衫的袖子，洗起手来。"温切克中尉过来看您了吗？"

"对，他跟我聊了好一会儿天。"

中尉神情沮丧。她让他到楼下拿了一瓶雪利酒。在他们喝完那瓶葡萄酒后，他坐到床边，在膝盖上摆上棋盘，他们玩起了一种叫俄罗斯庄家的纸牌游戏。她建议打这种牌十分失策，因为中尉几乎连牌都看不清，还试图掩饰这一弱点不让她知道，可等她意识到这点时已太晚了。

"他刚刚听说，医学委员会没有批准他，"她说，"他很快就要接到退役文件了。"

"啧啧！多可惜啊！"接着，阿纳克莱托又补充说，"不过，如果我是他的话，我会为此感到高兴的。"

那天下午，医生给她开了一种新的处方药，从浴室的镜子中，她看到阿纳克莱托仔细检查了那个瓶子，然后，在给她按量配出之前，他自己先尝了尝。从他的面部表情来看，他并不太喜欢那种味道。但在回到房间时，他还是笑得很灿烂。

"您还从来没有参加过这种派对，"他说，"多么惊星啊！"

"是惊恐，阿纳克莱托。"[①]

"不管怎么说，太乱了。彭德顿上尉自己举办的派对，他竟然迟到了两个小时。后来他进来的时候，我还以为他被狮子吃了一半呢。那匹马把他扔在黑莓丛里自己跑了。您可从未见过那么一张脸。"

"他骨折了吗？"

"他向我看过来的样子就好像他的背弄折了，"阿纳克莱托有些幸灾乐祸地说道，"但他掩饰得还挺好——上楼，穿

---

① 这里艾莉森是在纠正阿纳克莱托的发音，阿纳克莱托原来说的是"What a great constellation！"艾莉森将"constellation"（星座，一群相似的人）纠正为"Consternation"（惊恐）。

上晚礼服，极力装作他没有什么不舒服的。现在大家都走了，就剩下少校和那个红发上校，他的太太看起来就像一个晃妇。"

"阿纳克莱托。"她轻声地警告他。阿纳克莱托用了好几次"晃妇"这个词之后她才突然明白了它的意思。一开始，她以为这可能是一句当地土话，后来她终于想起来，他的意思是"荡妇"。

阿纳克莱托耸耸肩，然后突然转向她，他的脸涨得通红。"我讨厌人！"他慷慨激昂地说道，"派对上有人讲这种笑话，不知道我就在边上。笑话粗俗又侮辱人，而且不是真的！"

"你指的是什么呀？"

"我可不想对您再讲一遍。"

"好吧，不必在意，"她说，"到床上去睡个好觉吧。"

艾莉森被阿纳克莱托突然大发脾气惹得心神不宁。好像她自己也讨厌人。过去五年中她所认识的每一个人都在哪里有什么不对劲——更确切地说，是除了温切克，当然还有阿纳克莱托和小凯瑟琳之外的每个人。行为生硬的莫里斯·兰登达到了男人愚蠢且狠心的极致。莉奥诺拉与动物无异。而那个贼头贼脑的韦尔登·彭德顿根本上就堕落得不可救药。这是一帮什么人啊！即使她自己，她也厌恶。要不是因为这么下贱地拖拖沓沓，要是她还有一点点自尊，那么，她和阿纳克莱托今晚就不会待在这个屋子里了。

她将脸转向窗口，望着夜色。一阵风吹过来，楼下一扇没有拉紧的百叶窗撞击着屋子的一侧发出砰砰的响声。她关掉灯，这样她就能看清窗外了。猎户星座今晚非常清澈而明亮。林子里的树冠像黑色的波浪在风中波动。就在这时，她往下朝彭德顿家的屋子扫视了一眼，看到一个男子又站在树林的边缘。那男子身子被树遮挡着，但他的影子在草坪上显得轮廓分明。她无法辨别这个人的容貌，但她现在确信一个男子正潜伏在那里。她注视了他有十分钟、二十分钟、半个小时。他没有动。这让她既恐惧又震惊，不禁在想她也许真的精神错乱了。她闭上眼睛，七个七个地数数，一直数到二百八十。然后，等她再次向外看的时候，那个人影不见了。

她的丈夫敲了敲门。见没有应答，他小心地转动把手，朝里面窥视。"亲爱的，你睡着了吗？"他问道，声音之大足以叫醒任何人。

"是的，"她悻悻地说道，"睡死过去了。"

少校摸不着头脑，不知道是该关上门还是进去。她在对面房间从始至终，都能觉察到他经常光顾莉奥诺拉家的餐具柜。

"明天我要对你讲件事情，"她说道，"你应该隐约知道要讲什么。所以自己做好准备吧。"

"我什么也不知道呀，"少校茫然不知所措地说，"我做了什么错事吗？"他想了一会儿。"如果是要钱买什么特别的东西，那我可没有，艾莉森。橄榄球赛赌输了，还要给我的马包伙——"房门小心翼翼地关上了。

已经过了午夜，她又一个人了。从十二点钟到黎明，这几个小时总是糟糕透顶。如果她真的告诉莫里斯她根本就没睡，他当然不相信她说的话。他也不相信她病了。四年前，当她身体刚刚开始垮下来的时候，他还为她的身体状况担心。可当一场病灾接着另一场病灾——脓胸症、肾脏病，现在又是这种心脏病——出现时，他变得很恼火，最终不相信她的话了。他认为这一切都是她用的一种疑病症的假动作来逃避她的责任——具体来说就是，他认为合适的那些例行的运动和派对。同样，给顽固的女主人一个始终如一的借口是明智的做法，因为如果你用许多理由来拒绝，那么，无论它们会多么合理，女主人都不会相信你。她听到她丈夫在过道对面他自己的房间里踱来踱去，在自言自语地讲一大堆说教的话。她打开床头灯，开始看书。

凌晨两点的时候，她毫无征兆地突然觉得她那天晚上就要死了。她用枕头支撑着坐在床上，焦躁不安地从墙的一角看到另一角，一个年纪轻轻的女子，可脸却又尖又老。她奇怪地微微动着头，向上斜着抬起下巴，好像什么东西哽住了她。她似乎觉得那寂静的房间尽是嘎嘎作响的声音。浴室里，水在往洗脸池里滴。壁炉架上的闹钟，一台玻璃罩上饰有镀金白天鹅的旧摆钟，发出生锈的滴滴答答的声音。可第三种，最响的，也是最让她烦恼的声音是她自己心脏的跳动声。她的体内正一片大乱。她的心脏似乎正在跳跃——它总是急速跳动，就像一个人的脚步声，奔跑，跳起，接着猛烈地发出砰的一声，令她全身为之震动。她缓慢而小心翼翼地打开床头柜的抽屉，取出她的针线活。"我必须想些开心的事情。"她理性地告诉自己。

她回想自己人生中最幸福的时光。她二十一岁的时候，一连有九个月都在设法往那些寄宿学校的女孩头脑里灌输点西塞罗和维吉尔的思想。然后，放假的时候，她兜里揣着二百美元到了纽约。她上了一辆公共汽车，向北行驶，也不知道自己要到哪里去。在佛蒙特州的什么地方，她来到一个样子她喜欢的村庄，就下了车，几天内找到远在树林中的一个小棚屋，就把它租了下来。她把她的猫，彼得罗纽斯，带在身边，夏天还没过去，她就不得不给它的名字加一个阴性词尾，因为它突然生了一窝小猫。几只流浪猎犬与它们混在一起，她每星期都要到村里去一趟，去给猫、狗还有她自己买几桶食品。那个美好的夏天，每天早晨和晚上，她都享用自己最喜欢的食物——辣子牛肉丁、烤甜面包片，还有茶。下午，她砍柴火，到了晚上，她就坐在厨房里，脚搭在火炉上，大声朗读或者放声歌唱，自娱自乐。

艾莉森那苍白、脱屑的嘴唇做着轻声说话的口型，她全神贯注地盯着床下面的踏脚板看。接着，她突然间扔下针线活，屏住呼吸。她的心脏已停止了跳动。房间像坟墓一般寂静，她张开口等待着，头在枕头上扭向一边。她吓坏了，可当她想叫出声来，打破这种沉寂时，没有任何声音出来。

有轻轻的敲门声，但她没有听到。有好一会儿，她也没有意识到阿纳克莱托已经进了房间，而且把她的手握在自己手里。漫长、可怕的寂静之后（这时间肯定持续了有一分多钟），她的心脏又跳动起来了；她的睡衣褶皱在她胸口轻轻地颤动。

"难受吗？"阿纳克莱托用乐呵呵、鼓励的语气轻声问道。但他在朝下看她时，他的脸与她的一样，也带着病态、痛苦的表情，上唇紧紧地绷着，露出了牙齿。

"我吓坏了，"她说，"发生什么了？"

"什么事也没有。但不要表现出那个样子，"他从罩衣口袋里掏出手帕，在一只水杯子里蘸了蘸水，来擦拭她的额头，"我这就下楼取我的随身用品，然后留下来陪您，直到您能入睡。"

除了水彩颜料，他还拿来了一杯阿华田。他生了火，在壁炉前支起一张牌桌。他的陪伴是一种巨大的安慰，她都想轻松地哭一场。把杯子递给她之后，他舒适地安坐在桌旁，喝起自己那杯阿华田，小口啜饮，慢慢品尝。这是她最喜欢阿纳克莱托的一个方面；他有一种天赋，几乎能在任何场合营造出某种喜庆的氛围。他的行为仿佛不是出于好意，在夜深人静的时刻从床上起来，熬夜照看一个病妇，而是好像出于他们的自愿，他们选择这个特别的时刻来举行一个非常特殊的派对。每当他们遇到什么不愉快的事情，难以再继续下去的时候，他总是设法找点小乐子来把这件事干到底。现在，他跷着二郎腿坐在这里，膝盖上铺着一条白色的餐巾，喝着阿华田，这架势就好像那杯子里倒的是上等的葡萄酒——尽管与她差不多，他也不喜欢这种东西的味道，他把它买来也仅仅是因为罐子上面的标签那些吹得天花乱坠的承诺吸引了他。

"你想睡觉了吗？"她问道。

"一点也不想。"可一提到睡觉，他就累得忍不住直打哈欠。他忠心耿耿地转过脸去，试图装着他张开嘴巴只是为了用食指摸摸他新长出来的一颗智齿。"我今天下午打了个盹，晚上还睡了一会儿。我梦见凯瑟琳了。"

艾莉森每想到她的婴儿时无不充满着爱和悲伤，这浓浓的情感体验就像压在她心头的难以承受之重。都说时间能抑制这锥心的丧亲之痛，实际上并不是这样。现在她更能克制自己，但仅此而已。在那十一个月的欢乐、焦虑和痛苦之后，有那么一段时间，她还是没怎么变化。凯瑟琳原本就埋在他们驻扎的那个哨所的公墓里。她有很长时间被墓穴里小尸体那清晰、病态的样子所困扰。她整天苦思冥想尸体的腐烂和那孤零零的小骸骨，吓得她最终到了经过一系列繁文缛节的手续之后让人把棺材挖出来的地步。她把残存的尸体带到芝加哥的火葬场火化，然后把骨灰撒在雪地里。现在凯瑟琳留下来的只有她和阿纳克莱托分享的记忆了。

艾莉森一直等到自己声音应该能平稳说话后才问道："你梦见什么了？"

"挺乱的，"他平静地说，"就像手里抓着一只蝴蝶一样。我正把她抱在膝盖上给她喂奶——然后，突然一阵抽搐，于是您就想让热水流淌。"阿纳克莱托打开他的颜料盒，在面前摆好纸、画笔和水彩颜料。炉火照亮了他那苍白的脸，给他那黑眼珠也注入了一丝光亮。"然后梦又变了，不再是坐在我膝盖上的凯瑟琳了，而是我今天不得不擦两遍的少校的一只靴子。靴子里满是蠕动着的滑溜溜的新生小老鼠，我想把它们控制在里面，不让它们爬得我满身都是。喔！这就像——"

"嘘，阿纳克莱托！"她说着，打了个寒颤，"请不要说了！"

他开始画画，而她看着他。他把画笔浸在玻璃杯里，水中现出一团云状的淡紫色。他俯身面朝着纸时，面带若有所思的神情，其间，他停下来用桌上的尺子快速地量了几下。阿纳克莱托绘画还是很有天分的——对此，她很有把握。在他的其他才艺方面，他有某种诀窍，可从本质上来说他爱模仿——按莫里斯的说法，差不多像一只小猴子。不过，在小的水彩画，还有素描方面，他挺得心应手。当他们驻扎在纽约附近时，他下午进城到艺术学生联盟去，看到在学校展览中有那么多人不止一次地折返回来看他的画时，她非常自豪，但一点也不感到惊讶。

他的作品既朴实无华又太矫揉造作，给观赏者施上了一道奇怪的魔咒。但她无法让他真正认真地对待他的天分，也无法让他足够用功。

"梦的特性，"他轻声地说，"那回想起来可是件奇怪的事情。在菲律宾的下午，当枕头潮湿，而太阳照在房间里时，梦是一种性质。而在北方，夜里下雪的时候——"

可艾莉森已经又陷入到她那习惯性的焦虑状态中了，她不在听他说话了。"告诉我，"她突然插话，"你今天早晨生气的时候说你要在魁北克开一家亚麻制品商店，你心里有什么具体打算吗？"

"哎呀，当然啦，"他说，"您知道我一直想去看看魁北克这座城市。我想，没有什么像买卖美丽的亚麻布这么令人愉快的事情了。"

"那就是你的全部打算——"她说道。她的语气缺乏提问的那种音调变化，所以他也就没有对此做出回应，"你银行里有多少钱？"

画笔悬在水杯的上面，他想了一会儿。"四百块零六分钱。您要我把它取出来吗？"

"现在还不要。但我们以后可能需要它。"

"看在上帝的分上，"他说，"不要担心。这一点好处都没有。"

房间里充满着炉火照出来的玫瑰色的光彩和忽隐忽现的黯淡的影子。闹钟微微发出飕飕的声音，然后敲了三下。

"瞧！"阿纳克莱托突然说道。他把自己一直在上面画画的纸揉成一团，扔到一边。然后，他双手托着下巴，坐在那里作沉思状，眼睛凝视着炉火中的小火苗。"一只孔雀，颜色绿得有点怕人。长着一只巨大的金色眼睛。眼睛里是某种东西的那些映象，微小且——"

在极力寻找恰当的字眼时，他举起手，拇指和食指捏在一起。他的手在他身后的墙上形成了一个巨大的影子。"微小且——"

"怪异。"她替他讲完了。

他赶忙点头。"正是如此。"

可在他已经重新开始画画之后，在这寂静的房间里有某种声音，又或许是对她说话声音那最后语气的记忆，令他突然转过身来。"哦，不要！"他说。在他从桌旁冲过来的时候，他打翻了水杯，结果，水杯在壁炉上摔得粉碎。

那天夜晚，上尉的妻子只躺下睡了一个小时，二等兵威廉斯就已经在她房间里了。在派对期间，他就在树林边缘的附近等着。接着，当大多数客人走了之后，他透过客厅的窗户注视着，直到上尉的妻子上楼去睡觉。随后，他就像以前所做的那样进了屋子。那天夜晚，房间里的月光还是那么清澈，泛着银白色。"夫人"侧身躺着，一双脏兮兮的手托着她那温暖的椭圆形的脸。她穿着缎子睡衣，被子往下推到了她的腰部。年轻的士兵默默地蹲伏在床边。有一次，他还小心翼翼地伸手用拇指和食指摸了摸她睡衣那光滑的布料。一进房间，他就已经四周察看了一遍。他在梳妆台前站了一会，凝视着各种瓶子、粉扑和盥洗用品。有样东西，一只香水喷瓶，引起了他的兴趣，于是，他把它拿到窗户前，一脸困惑地仔细察看了一遍。桌上有个小碟子，里面盛着一只吃了一半的鸡腿。士兵摸摸它，又闻了闻，然后吃了一口。

此刻，他在月光下蹲了下来，半闭着眼睛，嘴唇带着陶醉的笑容。上尉的妻子还在睡梦中翻了个身，叹了口气，然后伸了伸懒腰。士兵用好奇的手指摸了摸松散地披在枕头上的一缕棕色的头发。

三点过了的时候，二等兵威廉斯突然僵住了。他看了看四周，似乎要听什么声音。他不明白是什么突然引起了这种变化，造成他感到如此不安。接着，他看到隔壁住宅的灯都已经打开了。在寂静的夜晚，他能听见一个女人哭泣的声音。后来，他听见一辆汽车在那个亮着灯的宅子前停了下来。二等兵威廉斯悄无声息地走进黑暗的大厅。上尉房间的门是关着的。不一会儿，他就沿着树林边缘缓慢地走开了。

士兵过去的两天两夜都睡得很少，累得他的眼睛都肿了起来。他围绕哨所转了半圈，直到他到达通往营房的最近的路。这样，他就没有遇到哨兵。一回到床上，他便倒头呼呼大睡起来。可在黎明时分，他多年来第一次做了一个梦，并在睡梦中大叫起来。房间对面的一个士兵被吵醒了，向他扔来一只鞋子。

由于二等兵威廉斯在他这个营房的战友中没有任何朋友，因此，这些晚上他不在，大家对此都没什么兴趣。大家猜测士兵自己找了个女人。士兵中有许多人都偷偷结了婚，有时候在城里跟他们的妻子过夜。十点钟的时候，这狭长而拥挤的宿舍里就熄灯了，但并非所有的士兵都这个时候上床睡觉。有时候，特别是在月初前后，公共厕所里会有人通宵打扑克牌。有一次，在凌晨三点钟的时候，二等兵威廉斯在返回营房的路上遇到了哨兵，但因为士兵服役已经两年了，站岗的警卫对他很熟悉，所以他没有遭到盘问。

接下来的几个夜晚，二等兵威廉斯正常休息和睡觉。下午的时候，他独自坐在营房前面的一个长凳子上，晚上，他时常光顾哨所里的娱乐场所。他去看电影，去体育馆锻炼。晚上，体育馆就变成了滚轮滑冰场。场内有音乐，一个角落专门留出来，在那里士兵可以坐在桌旁休息，喝多泡的凉啤酒。二等兵威廉斯点了一杯，第一次品尝含酒精的饮料。伴随着咔哒咔哒巨大的滚轮声，士兵们绕着圈子滑冰，空气中散发着汗酸味和刺鼻的地板蜡味道。三个士兵，全是老资格的，都感到惊讶，因为二等兵威廉斯竟然离开自己的桌子跟他们在一起坐了一会儿。年轻的士兵盯着他们的脸看，似乎就要向他们问些问题了。但最终他还是没有开口说话，过了一会，他就走开了。

二等兵威廉斯总是这么不善交际，与他一起就寝的战友中差不多有一半甚至连他姓啥名谁都不知道。实际上，他在部队用的名字不是他自己的。应征入伍的时候，一个粗暴的老中士低头瞪着他的签名——L.G.威廉斯——然后对他训斥道："写上你的姓名，你这鼻涕涟涟的小乡巴佬，你的全名。"士兵等了很久才讲清楚了事实，那些首字母就是他的名字，他仅有的名字。"咳，你不能就用这种该死的名字进美国的部队，"中士说，"我把它改成艾-尔-基，成不？"二等兵威廉斯点了点头，见他如此满不在乎的样子，中士突然大声粗鲁地笑起来。"现在他们还真的给我们送来些笨蛋呢。"他说完后又回头看他的那些文件。

时下进入了十一月，大风已刮了两天。一夜之间，人行道两旁小枫树的树叶就被剥得精光。树下的树叶铺成了一条亮金色的毯子，天空中布满了变幻莫测的白云。第二天下起了一场寒冷的雨。树叶被雨淋得湿漉漉的，变成了暗褐色，在潮湿的大街上任人踩踏，并最终被清除走了。天气又放晴了，那些光秃秃的树枝在冬日天空的衬托下构成了一件线条分明的金银丝工艺品。清晨，枯草上落上了霜。

经过四夜的休息之后，二等兵威廉斯再次来到上尉的宅子。这一次，由于他知道了宅子里的习惯，他就没有等到上尉上床睡觉。午夜，那个军官还在他书房工作的时候，他就上楼去了"夫人"的房间，在那里待了一个小时。然后他站在书房的窗户边，好奇地看着，直到两点钟上尉上楼。因为这时发生了一件士兵不明白的事情。

在这些侦察活动中，在"夫人"房间里暗中守夜期间，士兵无畏无惧。他在感受，而不去思考；他在体验，而不对他现在或过去的行为作任何精神层面的判断。五年前，L.G. 威廉斯就已杀过一个人。在为一手推车肥料而争吵的过程中，他把一个黑人刺死了，把尸体藏在一个废弃的采石场。他突发狂怒，凶猛出手，他还能记得那充满暴力的血色以及他拖着黑人穿过树林时那具软绵绵的尸体的重量。他还能记得那个七月的下午的烈日，那尘土和死亡的味道。他感受过某种疑惑、某种木然的烦恼，但他一点也不害怕，而且，打那以后，他没有一次明确地想过他是个杀人犯。大脑就像一幅编织华丽的挂毯，上面的颜色是从感官体验中提取出来的，而图案则是从智者的脑回中抽取的。二等兵威廉斯的大脑充满着各种调子古怪的颜色，但它没有线条，缺乏形状。

在初冬的这些日子里，二等兵威廉斯从头到尾只意识到一件事，那就是：他开始觉察到上尉在跟踪他。上尉的脸缠着绷带，皮疹还又红又疼，但他每天要出去两次做短途骑行。每当他在给马办归还手续时，他都要在马厩前逗留一会儿。有三次，在去食堂的路上，二等兵威廉斯朝身后看，都看见上尉离他只有大约十码远。军官经常与他在人行道上擦肩而过，如此频繁，这就远非巧合可以解释的了。经过这些相遇之后，有一次，士兵停住脚步，朝身后看看。就在相距不远的后面，上尉也停住了，半转过身去。这是傍晚时分，冬日的黄昏掺杂着一种淡紫色的色调。上尉的眼神沉着、无情而又机警。将近一分钟时间过去之后，他们又一起转过身，继续往前走。

第四章

在部队哨所，要让一个军官与一名士兵私下接触是不容易的。彭德顿上尉这下认识到这点了。如果他担任的是一名普通的战斗部队军官，像莫里斯·兰登少校那样，领导一个连，一个营，或者一个团，那么，与他指挥下的士兵有一定的交往就不受限制。所以，兰登少校就知道在他掌管下的几乎每一个士兵的姓名和长相。但彭德顿上尉在军校工作就没有这样的条件。除了通过骑马（最近没有什么马术表演是上尉可以不怎么考虑后果的），根本没有任何途径能让他与自己日益痛恨的那个士兵建立联系。

然而，上尉非常渴望他们之间能有某种联系。对士兵的挂念不断地撩拨着他。他常去马厩，将频繁程度控制在合理的范围之内。二等兵威廉斯为他的马套上马鞍，在他上马的时候握住缰绳。当上尉事先知道他将遇到士兵时，他就感到自己有点心不在焉。在他们短暂的，并非单独见面的时候，他会遭遇知觉印象上的一种奇怪的错误：当他靠近士兵时，他发现自己无法看清或听清，而只有等他骑马走远之后，又一个人的时候，那场景才开始在他脑海里逐渐成型。想到年轻士兵的面庞——那无言的眼睛，那常常湿润、性感而厚重的嘴唇，像听差男孩那般孩子气的刘海——这种形象让他无法忍受。他很少听到士兵说话，但他那含糊不清的南方口音宛如一首令人担忧的歌曲久久萦绕在他脑后。

傍晚时分，上尉满怀着与二等兵威廉斯相遇的希望在马厩和营房之间的街道上走着。当上尉从远处看到他缓慢而优雅地走来时，他就感到喉咙在收紧，几乎无法吞咽。等他们面对面的时候，二等兵威廉斯总是茫然地从上尉肩膀的上方凝视着远方，非常缓慢地敬个礼，手势随便，很不规范。有一次，在他们彼此走近的时候，上尉看到他剥开一块糖果，把糖纸漫不经心地扔在与人行道毗邻的一片整洁的狭长草地上。这可激怒了上尉，走了一段距离之后，他转回来，捡起糖纸（那是一张"宝贝露丝"①糖纸），把它放进自己的口袋。

彭德顿上尉总的来说过着一种非常死板而毫无情感色彩的生活，他没有质疑自己这种古怪的憎恨。有那么一两次，他因服用了太多速可眠而很晚才醒来，这时回想起他最近的行为他还是感到不安。但他并没有真正努力去迫使自己做一

---

① 宝贝露丝（Baby Ruth）是美国的一种单独包装的块状糖。

次内心的清算。

一天下午，他开车路过营房前，看到士兵独自在一个长凳子上休息。上尉把车停在沿街远一点的地方，坐在车里观察他。士兵无拘无束地摊开手足躺着，那姿势就像一个人快要打盹了。天空呈浅绿色，冬日阳光的余晖形成了一条条轮廓分明的长长的影子。上尉就这么一直看着他，直到响起晚餐的号声。后来，二等兵威廉斯都已经进去了，上尉还坐在他的车里，看着营房的外面。

夜幕降临了，建筑物灯火通明。在楼下的娱乐室里，他可以看到士兵们正在打台球或看杂志消磨时光。上尉想起食堂里的情景，长长的桌子上摆满了热食，饥饿的士兵们在一起边吃边笑着，充满着快乐的同志情谊。上尉对士兵们并不熟悉，他对营房的内部生活所勾勒的情景被他的想象大大丰富了。上尉对中世纪感兴趣，仔细研究过欧洲封建时代的历史。他对营房的想象被这种嗜好添加了风味。当他想到两千士兵一起住在这巨大的四方院子里时，他突然感到很孤独。他坐在黑暗的汽车里，当他凝视着里面那灯火通明、拥挤的房间时，当他听到叫喊声和响亮的说话声时，泪水涌向他那无神的眼睛。一阵痛苦的孤独感咬噬着他的内心。他快速将车开回了家。

莉奥诺拉·彭德顿正在树林边的吊床上休息，这时她的丈夫到了。她走进屋子，帮助苏西完成厨房里的活，因为那天晚上他们要在家里吃晚饭，然后出去参加一个派对。一个朋友给他们送了六只鹌鹑，她打算带一盘给艾莉森，在两个多星期之前他们举行派对的那个夜晚，艾莉森突发了一场严重的心脏病，如今要永久性地卧病在床了。莉奥诺拉和苏西把食物摆在一个巨大的银质托盘上。在一只用来端小盘子的大盘子上，她们放了两只鹌鹑和各种蔬菜，汁液流淌到一起，在盘子中央形成了一汪小汤池。此外，还有许多其他的美味佳肴，所以，当莉奥诺拉端着那个大托盘摇摇晃晃地出去时，苏西不得不跟在她身旁，用一个小盘子接住那些溢出的菜汤。

"你为什么不把莫里斯也带回家？"她回来的时候上尉问道。

"可怜的家伙！"莉奥诺拉说，"他已经走了。他在军官俱乐部吃饭呢。想想吧！"

他们穿好了参加晚上派对的礼服，站在客厅的壁炉前，一瓶威士忌酒和他们的玻璃杯放在壁炉架上。莉奥诺拉穿着她那套红色的绉绸连衣裙，上尉却穿着无尾晚礼服。上尉紧张不安，不停地把杯中的冰块晃得叮当响。

"嘿！听着！"他突然说，"我今天听到一件相当不错的事情。"他把食指搭着鼻子的一侧，咧开嘴唇，露出自己的牙齿。他要讲故事了，事先在打着腹稿。上尉对智慧有一种美好的感觉，而且措辞巧妙，是个爱说长道短的人。

"不久前，有人打电话给将军，副官听出来是艾莉森的声音，就立刻把电话转了过去。'将军，我有个请求。'那个声音非常镇定，而且很有修养地说。'我想请您帮我个大忙，务必让那个士兵不要在早晨六点就起床，吹他那个军号。这打扰了兰登太太的休息。'停顿了好久，最终将军说：'请再说一遍，我感到我不太明白你在说什么。'那个请求又被重复了一遍，又停顿了下来，这次时间更长。'那么，请告诉我，'将军最后说，'我很荣幸地在与哪位说话呢？'那个声音答道：'我是兰登太太的男童仆①，阿纳克莱托。我谢谢您了。'"

上尉冷静地等着，因为他可不是那种讲完笑话自己先笑起来的人。莉奥诺拉也没有笑——她似乎被弄糊涂了。

"他说他是什么人啊？"她问道。

"他想用法语说'男仆'。"

"你的意思是说阿纳克莱托像那样打电话说起床号的事。咳，那可是我从未听说过的事。我简直不敢相信！"

"傻瓜！"上尉说，"不是真有其事。这只是个故事，一个笑话而已。"

莉奥诺拉还是没明白是什么意思。她可不是什么传播流言蜚语的人。首先，要想象一个并没有真正在她房间里发生

----

① 原文为法语。

且与她有关的情景，她总觉得这有点难。再说，她没有一丝一毫的恶意。

"哎呀，多卑鄙啊！"她说，"如果这没有发生，那为什么竟然有人要费神去编造呢？这让阿纳克莱托听起来就像一个傻瓜。你猜想是谁先开始说这个的？"

上尉耸了耸肩，把他的酒喝完了。他编造了许多有关艾莉森和阿纳克莱托可笑的趣闻轶事，而且编得都非常成功，传遍了整个哨所。编造和打磨这些诽谤性的花边新闻给上尉提供了极大的乐趣。他谨慎地发布这些新闻，让人理解为他不是始作俑者，而只是传递来自其他渠道的消息。他这样做倒不是因为稳重，而是害怕它们不定什么时候会传到莫里斯·兰登的耳朵里。

今天晚上，上尉的新故事并没有让他满意。单独与他的妻子待在宅子里，他再次感到忧郁，这种情绪刚才在他坐在灯火通明的营房前的那个小汽车里时就已向他袭来。他的脑海中浮现出士兵那双灵巧、被晒黑了的手，不禁暗自感到一阵颤抖。

"你到底在想什么呢？"莉奥诺拉问道。

"没什么。"

"咳，我觉得你看上去太奇怪了。"

他们已安排好要开车带上莫里斯·兰登，可就在他们准备动身时，他打电话要他们过去喝一杯。艾莉森正在休息，所以他们就没有上楼。他们匆匆忙忙地在厨房的桌上就喝起酒来，因为他们已经迟了。他们喝完以后，阿纳克莱托给穿着制服的少校拿来了军用披肩。小菲律宾人跟着他们到了大门口，亲切地说了声："祝你们过一个愉快的夜晚。"

"谢谢你，"莉奥诺拉说，"同样祝福你。"

然而，少校却没那么天真。他狐疑地看了看阿纳克莱托。

阿纳克莱托关门之后，赶紧来到客厅，把窗帘拉开一英寸，向外面偷看。这三个人，每个人阿纳克莱托都恨透了，他们在台阶上停顿下来，点上香烟。阿纳克莱托迫不及待地看着。他们待在厨房的时候，他就想出了一个妙计。他从玫瑰园搬来三块砖，把它们放在门前黑暗的人行道的尽头。在他的想象中，他设想看到他们三个人都像九柱戏中的木柱那样摔倒。可看到他们最后却闲逛着越过草坪，走向停在彭德顿家房子前的汽车时，阿纳克莱托非常懊恼，气急败坏地轻轻咬了一口大拇指。然后，他匆匆忙忙跑出去把那个障碍搬开，因为他可不希望任何别的人落入他设下的陷阱。

那天夜里的晚会与其他晚会没什么两样。彭德顿夫妇和兰登少校到马球俱乐部去参加一个舞会，他们各得其乐。莉奥诺拉像往常一样被那些年轻中尉大献殷勤，而彭德顿上尉在外面阳台上静静地喝高杯酒的时候则找到了机会，把他新编的故事传给一个炮队军官，他是出了名的说话风趣的人。

少校则与一群密友待在休息室里，谈论着钓鱼、政治和赛马。第二天早晨将有一场追猎①，所以，大约十一点的时候，彭德顿夫妇就与少校一道离开了。那个时候，阿纳克莱托陪他女主人待了一会儿，给她打了一针，已经上床睡觉了。他总是用枕头支撑着躺在床上，跟艾莉森夫人一模一样，尽管这个姿势非常不舒服，他几乎从来没有睡过一个晚上的好觉。艾莉森自己却在打瞌睡。到午夜时分，少校和莉奥诺拉在他们各自的房间里，睡得正酣。彭德顿上尉则在他书房里定下心来，安静地工作了一会儿。对于十一月份来说，这是一个温暖的夜晚，松树在空气中散发着芳香。没有风，所以投射在草坪上的阴影静止不动。

大概在这个时候，艾莉森·兰登感觉自己从半睡状态中醒了。她做了一连串既奇怪又活灵活现的梦，梦见她回到了自己的童年时代，她拼命抵制，不愿回到现实中。但这种挣扎毫无效果，她很快就清醒了，躺在那里睁开眼睛，面对着眼前的黑暗。她开始哭了起来，她那轻柔而紧张的啜泣声似乎不是发自她自身，而是来自外面茫茫黑夜中什么地方的某个神秘的遭受痛苦的人。这两个星期她非常糟糕，而且经常哭泣。一开始，她被要求完全卧床，因为医生告诉她，下次心脏病再发作她就完了。然而，她对自己的医生评价并不

---

① 使用人工臭迹让猎犬跟踪的狩猎。

高，私下里她把他看作是部队的一名老外科医生——除此之外绝无仅有的头等蠢货。虽然他是一名外科医生，但他却酗酒，有一次在与她争辩时，他竟然坚持说莫桑比克在非洲的西海岸，而不是在东边，直到她把地图册拿出来他才承认了自己的错误；总之，她不太重视他的观点和建议。她焦躁不安，两天前，她突然非常渴望弹钢琴，于是，趁阿纳克莱托和她丈夫不在家时，她起床，穿上衣服，下楼去了。她弹了一会儿，感到很开心。在回自己房间的途中，她非常缓慢地走上楼梯，尽管她很累，但也没有什么不良反应。

被束缚住的感觉——因为眼下她无疑只好等到她身体好转之后才能继续执行自己的计划——令她很难伺候。起先，他们有一个医院护士，但那个护士与阿纳克莱托很难相处，一个星期后她就离开了。艾莉森总是臆想一些事情。那天下午，附近什么地方的一个孩子尖叫了一声，孩子们在玩耍时经常会尖叫的，但她却过度担心那个孩子是不是被汽车撞了。她派阿纳克莱托冲到街上去，甚至在他深信不疑地对她说孩子们只是在玩捉迷藏游戏之后，她还是无法克服她的焦虑。就在前一天，她闻到烟味，就确信房子着火了。阿纳克莱托把房子的每个角落都查了个遍，但她还是放心不下。任何突然的响动或微不足道的小事故都会使她哭泣。阿纳克莱托伤透了脑筋，而少校却尽可能地躲着不回家。

午夜时分的此刻，当她躺在黑暗的房间里哭泣时，她又产生了另一个幻觉。她向窗外望去，又看到了彭德顿家后面草坪上一个人的影子。他静静地站着，靠在一棵松树上。然后，就在她注视着他的时候，他越过草地，从后门进去了。此时，她非常震惊地想起来，这个男人，这个潜行的人，就是她的丈夫。他正偷偷地溜进去，要会韦尔登·彭德顿的妻子，尽管韦尔登就在家，正在书房里工作。她感到如此愤慨，以致她都没有停下来想一想。气得恶心，她从床上下来，到厕所里呕吐起来。然后，她在睡衣上披了一件外套，穿上鞋子。

她在前往彭德顿家的路上丝毫没有犹豫。她也没有反身自问一下她这个最恨当众出丑的人，在她即将突然陷入其中的这个局面中要去干什么。她从前门进去了，随手很响地关上了身后的门。门厅不明不暗，因为只有客厅里的一盏灯亮着。她喘着气费力地爬上楼梯。莉奥诺拉的门是开着的，她看到一个男人蹲在床边的身影。她走到房间的里面，打开角落里的灯。

士兵在灯光中眨着眼睛。他把手伸向窗台，从蹲伏的姿态中半抬起身子来。莉奥诺拉在睡梦中动了动，叽里咕噜地说着话，又翻过身面朝着墙壁。艾莉森站在门口，她惊愕得脸色煞白，面部扭曲。接着，她一句话也没说就退出了房间。

与此同时，彭德顿上尉听到了前门打开又关上了的声音。他感觉到有什么地方不对劲，但本能又告诫他要继续留在书桌边。他轻轻咬着他那支铅笔的橡皮头，紧张地等待着。他不知道在等待什么，但在听到敲门声时他还是感到吃惊，他还没来得及回应，艾莉森就进了书房。

"哎呀，这么深更半夜的，到底是什么风把你给吹到这里来啦？"上尉紧张地笑着问道。

她没有立即回答。她把外套的领口紧紧地收拢在脖子的周围。等她终于说话时，她的嗓音语调僵硬，仿佛震惊减弱了震动似的。"我想你最好还是上楼到你妻子的房间里看看吧。"她说道。

这个通知，还有她离奇的出现，让上尉大为震惊。可比这种内心的骚动强烈得多的是他认为他不该失态。刹那间，许多相互矛盾的设想涌向上尉的脑海。她的话只可能意味着一件事——莫里斯·兰登在莉奥诺拉的房间里。但肯定不会，因为他们几乎不会乱到如此程度！可果真如此的话，那将置他于何种境地！上尉的笑容既甜蜜又克制。他没有显露出任何愤怒、怀疑和强烈烦躁的情绪。

"得啦，亲爱的，"他以慈母般的语气说道，"你不该像这样闲逛。我送你回家吧。"

艾莉森以锐利的目光久久看着上尉。她似乎正在拼某种智力拼图。过了片刻，她慢条斯理地说："你该不是打算就坐在这里，然后告诉我你知道这一切，对此一筹莫展吧？"

上尉还执拗地保持着镇定。"我要送你回家，"他说，"你很反常，你不知道自己在说些什么。"

他急忙起身，牵起艾莉森的一只胳膊。摸着她外衣布料下那虚弱、骨质疏松的肘部使他感到厌恶。他催促她走下楼梯，穿过草坪。她家的前门是开着的，但上尉还是长长地按着门铃。过了一会儿，阿纳克莱托来到门厅，上尉还没来得及离开，他又看到莫里斯从楼梯顶端自己的房间里出来了。怀着困惑和宽慰的矛盾心情，他回家了，任由艾莉森自己随意解释去。

第二天早晨得知艾莉森·兰登已彻底精神错乱，彭德顿上尉并不太惊讶。到正午时分，整个哨所都听说了这件事。（她的状况被称为"精神崩溃"，但无人受此误导。）当上尉和莉奥诺拉过去提供帮助时，他们发现少校站在他妻子那房门紧闭的卧室外，手臂上搭着一条毛巾。他几乎整天就这么耐心地站在那里。他那浅色的眼睛吃惊地睁得很大，并不停地又拧又压自己的耳垂。当他下楼来见彭德顿夫妇时，他以不同寻常的正式方式与他们握手，并痛苦地红着脸。

除了医生之外，兰登少校对这起悲剧的细节保守秘密，把它隐藏在自己深受打击的心里。艾莉森也没有像他想象精神病患者所做的那样撕碎床单或口吐白沫。对于自己在午夜一点钟穿着睡衣进了那个宅子，她只是简单地说，莉奥诺拉不仅欺骗了她的丈夫——而且她还欺骗了少校，她是与一名士兵。接着，艾莉森还说，她自己要离婚，并补充说，因为她没有钱，如果他，少校，愿意以百分之四的利息借给她总额五百美元的一笔钱的话，那她会为此感激不尽，阿纳克莱托和温切克中尉可以做担保人。他震惊地提出了一些问题，她回答说她和阿纳克莱托准备一起做生意，或者会买一艘捕虾船。阿纳克莱托已经把她的行李箱拖进了房间，而且整夜都在她的监督下忙着打点行李。他们不时在中间停下来，喝点热茶，并仔细查看地图以决定他们要到哪里去。黎明前的某个时间，他们选定了南卡罗来纳州的莫尔特里维尔。

兰登少校大为震惊。他在艾莉森房间的角落里站了很久，看着他们整理行装。他不敢开口说话。过了很长时间，在他渐渐终于弄明白了她所说的一切之后，他自己不得不承认她已经疯了，他把她的指甲剪和火钳拿出了房间。然后，他下楼，拿着一瓶威士忌坐在餐桌旁。他哭了，吮吸着从他潮湿的小胡子上流下来的苦涩的泪水。他不仅仅是为艾莉森而感到悲痛，他还感到羞愧，似乎这反映的是他自己的体面问题。他喝得越多，他对自己所遭遇的不幸就感到越不可理解。一度他还向上朝着天花板翻着眼睛，在寂静的厨房里大声喊叫，似是祈求又似是质疑地吼道：

"上帝？啊，上帝呀——？"

他再次砰的一声把头叩在餐桌上，直到他的额头现出一块包来。到早晨六点半的时候，他已经喝完了一夸脱多威士忌。他冲了个淋浴，穿上衣服，打电话给艾莉森的医生，医疗队的一名上校，也是少校自己的朋友。后来又叫来另一名医生，他们在艾莉森的鼻子前划火柴，问她各种问题。就在这种检查的过程中，少校从她浴室的架子上取下毛巾，把它搭在自己的胳臂上。一副准备应对紧急情况的架势，这对他来说多少是一种安慰。上校在离开前，谈了很长时间，多次用到"心理学"这个词，而少校在每一句话结束的时候都默默地点着头。医生最后建议尽快送她到一家疗养院。

"不过，听我说，"少校无奈地说，"绝不能有约束衣①，或任何带有那种东西的地方。你懂的——那种她可以放留声机的地方——舒适。你明白我的意思。"

两天之内，弗吉尼亚州的一个地方被选中。由于仓促，那家机构被选中更多的是因为价格（它贵得惊人），而不是出于治疗名声好。在将计划告诉艾莉森时，她只是苦涩地听着。当然，阿纳克莱托也要去。几天后，他们三人坐火车离开了。

弗吉尼亚的这家机构为那些身体和精神都有疾病的病人服务。而且同时侵袭身体和大脑的那些疾病是一个特殊的领域。有许多老先生，他们处于完全混乱的状态，走路跟跟跄跄的，必须密切关注他们笨拙的腿。还有一些吗啡成瘾的女

---

① 约束衣，束缚疯子或犯人双臂用的一种特殊的短上衣。

士和很多有钱的年轻酒鬼。但这个地方有一个漂亮的游廊，下午这里提供茶点，花园也整修得很好，而且房间装修得很豪华；少校感到满意，因他支付得起还感到相当自豪。

可艾莉森最初没做任何评价。事实上，在他们那天晚上坐下来吃晚饭之前，她一句话也没说。作为例外，在刚到的那天晚上，她可以去楼下用餐，但从第二天早晨开始，她就必须要卧床休息，直至她心脏的状况好转。桌上有蜡烛和温室的玫瑰花。餐具和桌布都是一流的。

然而，艾莉森似乎根本就不去留意这些优美的细节。一面对桌子坐下来，她就以游移的目光久久地凝视着，将房间里的一切尽收眼底。她的眼睛一如既往地忧郁而敏锐，仔细观察着所有其他桌子上坐着的人。然后，她终于带着怨恨的口吻小声说道：

"天哪，真是精选细挑的一伙人！"

兰登少校永远也不会忘记那顿晚餐，因为这是他最后一次与自己的妻子在一起。第二天一大早他就离开了，中途在派恩赫斯特停下来过了一夜，在那里，他有一位打马球的老朋友。后来，当他回到哨所的时候，就有一封电报等着他。在艾莉森住在那里的第二个夜晚，她就心脏病发作，死了。

这个秋天，彭德顿上尉三十五岁。尽管他还比较年轻，但他不久就要戴上少校的枫叶肩章了；在部队里，晋级主要取决于资历，这种比正常时间早的提升是他有能力的显著标志。上尉工作努力，而且从军事的角度来说他才华横溢——许多军官，包括上尉本人，都认为他总有一天将成为一名高级将领。然而，彭德顿上尉显示出了他长期努力带来的损伤。今年秋天，尤其是最近几个星期，他似乎衰老得过快。在他眼睛的下方有圈状的乌青，面色发黄，脸上斑斑点点。他的牙齿也开始给他带来不小的麻烦。牙医告诉他，两颗下臼齿必须拔掉，装上牙托，但上尉一再推迟做这种手术，因为他觉得他抽不出时间来。上尉的脸习惯性地绷得很紧，他左眼的肌肉已出现痉挛症状。眼睑间歇性地抽搐让他本来就绷得很紧的脸呈现出一副面瘫的怪相。

他一直处于一种受压抑的焦虑状态。他对士兵的痴迷像一种疾病在他身上滋长着。如同癌症细胞莫名其妙地抵抗，并开始暗中自我复制，最终毁灭身体，他的大脑里也是这样，对士兵的迷恋在日益加深，完全超出了其正常的范围。有时候，他会沮丧地做一个令人疑惑的回顾，回想他是如何一步步地发展到目前这种状况的——一开始是无意中把咖啡泼洒到一条崭新的裤子上，继而是清理树林、骑"火鸟"后的偶遇以及在哨所的大街上那些短暂的碰面。他的烦恼是如何演变成厌恶，而厌恶又怎么会变成这种病态的痴迷，上尉实在无法合乎逻辑地理解这一过程。

一种奇怪的幻想已经控制住了他。由于他一直野心勃勃，一心想着提拔，所以他经常通过预想能大大提前晋升来自娱自乐。因此，在他还是一名西点军校的年轻学员时，"韦尔登·彭德顿少校"这个名字和头衔对他来说听起来就熟悉而悦耳。而且在今年这个刚过去的夏天，他已经把自己想象为一名才华横溢且权倾一方的军区司令官了。有时候，他甚至自言自语地把"彭德顿少校"这几个字念出声来了——似乎他生来本应该就是这个头衔，它的发音与他的名字搭配得如此恰到好处。可在最近几个星期，这种空想奇怪地来了个翻转。一个夜晚——更确切地说是午夜一点半——他坐在书桌前疲惫不堪。在寂静的房间里，突然间他的舌头意想不到地说出了几个字："二等兵韦尔登·彭德顿"。这几个字伴随着它们所引起的联想，在上尉的心中激起了一种违反常情的如释重负和满足的感觉。不再梦想荣誉和军衔，他此时在把自己想象成一名士兵中体验到一种微妙的快乐。在这些想象中，他把自己幻想成一个青年，一个几乎是他所痛恨的那名士兵的孪生兄弟——拥有一个年轻、舒适的身体，即便穿一套普通士兵的廉价制服也不会令其不雅的身体，长着浓密而光滑的头发，圆圆的眼睛不再因研究和焦虑而带有黑眼圈。二等兵威廉斯的形象自动穿插在所有这些白日梦中。而所有这一切的背景都是兵营：年轻男性的喧哗声、阳光下惬意的闲逛、同志间无需负责任的恶作剧。

彭德顿上尉养成了每天下午在二等兵威廉斯住宿的那个四方院子前散步的习惯。通常他看到士兵总是独自一人坐在同一张长椅上。行走在人行道上，上尉总是在离士兵不到两码远的地方经过，在他走近时，二等兵威廉斯也总是不情愿地起身，懒洋洋地敬个礼。白昼变得越来越短，傍晚的这个时间空中已有些许黑暗。日落后短时间内，大气中有一片雾蒙蒙的淡紫色的光。

　　上尉在经过的时候总是直勾勾地盯着士兵的脸看，并放慢脚步。他明白士兵现在一定意识到了，下午这些散步都是奔他而来的。上尉甚至都突然纳闷起来，士兵为什么不回避他，不在这个时间到别的地方去。士兵不放弃他的这一习惯，这给这些每天的接触带来了一种幽会的意味，这让上尉充满了刺激感。当他从士兵身边走过去之后，他不得不抑制住一种要转过身去的热望，而当他走开的时候，他感到自己的胸中涌起了一阵他无法控制的凄凉、留恋的悲伤。

　　上尉的家里有了一些变化。兰登少校就像家庭的第三个成员一样依恋着彭德顿夫妇，而且这种情势对上尉和莉奥诺拉两个人来说都是可以接受的。妻子的死亡令少校处于十分震惊和无助的状态。他甚至连身体都发生了明显的变化。他已不再快乐、镇定了，傍晚时分，他们三个人坐在壁炉前的时候，他似乎想尽可能地保持那种最笨拙和最不舒服的姿势。他总是像柔体杂技演员那样把双腿拧在一起，或者在揉捏耳朵时把一只笨重的肩膀抬得高高的。他眼下的思绪和话语全都围绕着艾莉森以及他如今已戛然而止的那一部分人生。他往往会悲哀地就上帝、灵魂、受难和死亡讲一些陈词滥调的话——迄今提到这些话题总会让他尴尬得舌头变得僵硬而笨拙。莉奥诺拉照料他，给他吃极好的饭菜，听他讲他或许不得不讲的任何悲伤的话。

"要是阿纳克莱托愿意回来多好啊。"他经常这么说。

因为阿纳克莱托在艾莉森死后的那天早晨就离开了疗养院，从此以后再也没有人听说过他的消息。他重新给行李打包，把她所有的物品都放得井然有序。然后，他干脆就这么消失了。莉奥诺拉为少校雇了苏西的一个会做饭的兄弟来接替。多年来，少校渴望找一个普普通通的黑人男仆，他也许会偷他的酒喝，把灰尘落在小地毯下面，但老天作证，他无论如何不要吊儿郎当地弹钢琴，别叽叽喳喳地说法语。苏西的兄弟是个不错的男仆；他把梳子裹在卫生纸里当乐器演奏，把自己灌醉，能做很好的玉米面包。然而，少校并不像他期盼的那样感到满意。他在许多方面都很想念阿纳克莱托，想到他，他感到极其难受，悔恨不已。

"你们要知道，我过去经常戏弄阿纳克莱托，说什么要是我能把他弄去服兵役，看我会怎么收拾他。你们料想不到那个小捣蛋鬼还真的相信了我说的话，对吧？我多半是在跟他开玩笑——可在某种意义上来说，我似乎总是觉得，如果他果真参军了，那对他来说可是这世界上再好不过的事情了。"

上尉厌倦了谈论艾莉森和阿纳克莱托的话。那个下流的小菲律宾人没有同时被心脏病夺去生命，这可真是件遗憾的事。这些日子，上尉对这个房子里里外外几乎所有的东西都感到厌烦。莉奥诺拉和莫里斯喜欢的那种清淡、倒胃口的南方膳食尤其不合他的口味。厨房污秽不堪，而苏西邋遢得难以言表。上尉是美食家和讲究整洁的业余厨师。他欣赏的是新奥尔良的那种精细的烹调术，以及营养均衡、搭配协调的法国精美大餐。从前一个人在家的时候，他常常自己下厨房，准备一些香甜的美味佳肴供自己享用。他最喜欢的一道菜是牛腰肉，佐以由黄油、鸡蛋黄、小洋葱头和龙蒿为原料做成的配料酱汁。然而，上尉是个追求完美的怪人；如果菲力牛排烧得太烂，抑或是调味汁煮热了，哪怕是凝结了一点点——他就会把它拿到后院去，挖个坑，把它一股脑地埋了。可现在他已经对食物全然失去了胃口。今天下午，莉奥诺拉看电影去了，于是，他把苏西支走。他原本打算自己做点什么特别的菜。但就在他准备做一份炸肉饼的当口，他突然兴趣全无，把一切都原封不动地丢在那里，走出了房子。

"我能猜想阿纳克莱托在做炊事兵。"莉奥诺拉说道。

"艾莉森总以为我提起那个话题只是为了让人难受，"少校说，"可实际上并不是那样。阿纳克莱托在部队里是不会开心的，绝不会，可这有可能把他培养成一个男人。无论如何会把他身上那些胡闹的东西敲打干净。可我的意思是，一个二十三岁的成年男子跟着音乐到处跳，胡乱摆弄水彩颜料，我似乎总是觉得有点令人讨厌。在部队里，他们会把他弄得精疲力竭，他会很悲惨，但即便这样，我似乎都觉得要比原来那种生活强。"

　　"你的意思是，"彭德顿上尉说，"以牺牲常态为代价而获得的任何成功都是错误的，因而也不应该容许给人带来幸福。总之，这更好，因为宁愿让方木栓不停地刮擦圆孔也不去寻找并使用适合它的非传统的方孔，这在道德上是值得尊敬的，对吧？"

　　"哎呀，你说得完全正确，"少校说，"难道你不赞成我的看法吗？"

　　"不赞成。"歇了片刻，上尉说道。上尉突然间十分可怕而又清晰地窥探到自己的灵魂，看到了自己。至少这一次，他不再以别人的眼光来看待自己；突然间一个扭曲的玩偶形象浮现在他的眼前，面容猥琐，体形怪异。上尉凝视着这一幻象，毫无怜悯之情。他对此信以为真，既不改变也不推脱。"我不赞成。"他心不在焉地重复了一遍。

　　兰登少校仔细考虑了一下这个意想不到的回答，但没有继续谈下去。他总是觉得除了简单明了地起个话头之外，很难沿着任何一个思路继续深究下去。他摇了摇头，又回到令他困惑的事情上。"有一次，就在黎明前我醒了，"他说，"我看到她房间里的灯亮着，于是我就走了进去。在里面，我发现阿纳克莱托坐在床沿上，他们俩正低着头在摆弄什么东西。他们在干什么呢？"少校用他那僵硬的手指按了按自己的眼球，又摇起头来。"哦，对了，他们在把一些小东西往一碗水里扔。是阿纳克莱托在廉价品商店买的某种乱七八糟的日本东西——那些在水里像花朵一样绽放的小颗粒。他们在凌晨四点钟的时候就那么坐在那里，玩那种东西。这让我突然间火了，在我被艾莉森放在床边上的拖鞋绊倒了的时候，我忍不住发脾气，一脚把它们踢到了房间的对面。艾莉森讨厌我，好几天冷若冰霜。而阿纳克莱托在给我送咖啡之前，在糖缸里放了盐。这很令人遗憾。那些夜晚，她一定感到很难受。"

"赏赐的是他们，收取的也是他们。"[1]莉奥诺拉说，她的意图强于她对《圣经》的掌握。

最近几个星期，莉奥诺拉自己也有些许的变化。她正接近她的完全成熟期。在这么短的时间里，她的身体似乎已不

---

[1] 典出《圣经·旧约·约伯记》第一章第二十一节："赏赐的是耶和华，收取的也是耶和华"（the LORD gave, and the LORD hath taken away）。莉奥诺拉的话与《圣经》中的原话有出入，故才有叙述者后面的那句话。

再像青年人所特有的那样肌肉发达了。她的脸变宽了，平静的时候，她的表情有种慵懒的温和感。她看起来就像是一个已经生过几个健康孩子，而且有望在大约八个月后再生一个的妇女。她的肤色依然质感娇嫩、健康，尽管她的体重在渐渐增加，但至今肌肉还没有松弛的迹象。她情人妻子的死令她感到惊慌。一看到躺在棺材里的死尸就把她给震慑住了，以致葬礼后一连有好几天她说话时都低声细语，充满着敬畏，甚至在部队的小卖部里订购食品时也是这样。她对少校有某种茫然的温柔，重复着她能想起来的任何有关艾莉森的令人愉快的趣闻轶事。

"顺便问一下，"上尉突然说，"我不禁对她到这里来的那天晚上感到疑惑。她在你的房间里对你说了些什么，莉奥诺拉？"

"我告诉过你，我甚至都不知道她来过。她没有叫醒我。"

可在这个话题上，彭德顿上尉依然感到意犹未尽。他越是回忆在他书房里的那一幕，他就越感到奇怪，也就对这件事越感兴趣。他并不怀疑莉奥诺拉说的是真话，因为每当她撒谎时，大家立马就一目了然。但艾莉森到底是什么意思，他为什么回家时没有上楼去看看？他感到他知道答案就在他脑海那朦胧的下意识中的某个地方。可他越想这件事，他就越发感到不安。

"我记得有一次我确实很惊讶，"莉奥诺拉说，把她那粉红色的、女生一般的手朝火炉伸出去，"那是我们大家开车去北卡罗来纳州的时候，我们在你的一个朋友家里吃好吃的鹧鸪之后的那个下午，莫里斯。艾莉森和阿纳克莱托还有我正在这条乡村小路上走着，这时候一个小男孩出现了，他牵着一匹耕地的马——骡子的近亲，就是，没错。可是，艾莉森喜欢那匹年老无力的马的脸，突然拿定主意，她要去骑那匹马。于是，她与那个小焦油脚人①交上了朋友，然后爬上了一根围篱桩并轻快地骑了上去——没有马鞍而且还穿着连衣裙。你想想吧！我猜想那匹马已经多年没有人骑过了，她骑上去不久，它直接就躺下了，开始打滚碾压她。我想，这下艾莉森·兰登完了，于是我闭上了眼睛。但你可知道，她竟然立刻让马站了起来，而且围绕着田野小跑起来，好像根本什么都没有发生过。你绝不可能做到这点的，韦尔登。阿纳克莱托像一只喝醉了的松鸡跑来跑去的。天啊，多么愉快的时光啊——我从未这么惊讶过！"

彭德顿上尉打起了哈欠，这倒不是因为他困了，而是因为莉奥诺拉提到他的骑术伤害了他的自尊，他就想不客气了。上尉与莉奥诺拉之间曾经为"火鸟"发生过一些令人不快的事情。在那次失控的疯狂骑行之后，这匹马就再也不是

①　焦油脚人(Tarheel)，美国北卡罗来纳州人的别称。

以前的那个样子了，莉奥诺拉强烈地指责她的丈夫。然而，过去两个星期所发生的事情倒是有助于改变他们之间争执的轨迹，上尉坚信她很快就会忘记的。

兰登少校以几句他最喜欢的格言结束了这个特殊的晚间交谈："现在只有两件事对我很重要——强身健体，报效祖国。一副健康的体魄和一颗爱国心。"

对于一个遭遇严重精神危机的人来说，此刻，彭德顿上尉的家里不是理想的场合。搁在从前，上尉会觉得兰登少校这种悲哀的表现荒唐可笑。可眼下，屋子里有那种死亡的气氛。对他而言，似乎不仅仅是艾莉森死了，而且从某种神秘的意义上来说，他们三个人都已行将就木。过去老是担心莉奥诺拉会与他离婚，同兰登少校私奔，现在他再也不用为此烦恼了。他曾经对少校所表现出来的任何倾向现在与他对士兵的感情相比都只不过是微不足道的愿望而已。

这些天，这座房子本身就让上尉极其烦躁。住处的家具布置得十分凌乱。客厅里摆着传统的沙发，上面盖着带有花卉图案的印花棉布，几把安乐椅，一块红得耀眼的小地毯，还有一张过时的写字台。房间里呈现的是一种上尉憎恶的艳丽的格调。网眼窗帘看起来质量低劣而且十分肮脏，壁炉架上聚集着各式各样的装饰品和华而不实的东西——一排仿制象牙做的大象，一对做工精美的铁艺烛台，一尊彩色小雕像，刻画的是一个黑人小孩对着一块红彤彤的西瓜咧嘴笑着，还有一只蓝色的墨西哥玻璃大酒杯，莉奥诺拉把一些旧名片扔在里面。由于经常搬来搬去，所有的家具都像快要散架似的，房间给人的整体印象是凌乱不堪、女人味十足，这让上尉十分恼火，所以他尽可能不待在里面。带着内心深处隐秘的渴望，他想起了那些营房，脑海里浮现出排成一排的整洁的帆布床，光秃秃的地板，以及没有挂窗帘、毫无遮拦的窗户。这间想象中的房子是苦行僧式的，十分简朴，但不知出于什么原因却在一堵墙上靠着一个精雕细琢、黄铜镶边的古老衣柜。

傍晚，彭德顿上尉在长时间的散步中处于一种接近于精神错乱的高度敏感状态。他感到自己漂浮着，切断了与人类一切活动的联系，而且他还带着年轻士兵那神秘莫测的形象，恰似一个巫婆总是将某种狡诈的符咒揽在自己的怀中。这段时间，他体会到一种特殊的脆弱。尽管他感觉自己与其他所有人都隔离开来了，但他在散步的路上所看到的东西在他眼里却显得异常重要。他所接触到的一切，甚至最普通的事物，都似乎对他自己的命运有某种神秘的影响。比如，假如他碰巧看到阴沟里有一只麻雀，他都能站上好几分钟，完全沉浸在这普通的情景中。眼下，他已经丧失了根据其相对值本能地给各种感官印象进行分类的基本机能。一天下午，他看到一辆运输卡车撞上了一辆小汽车。可这一血淋淋的事故给他的印象并不比几分钟后一小片报纸在风中飘动那种情形更强烈。

现在他已有很久不再把他对二等兵威廉斯的情感归为憎恶了。他也不再试图为他如此痴迷的情感寻找理由了。他想到士兵，既不是出于爱也不是出于恨；他只是感觉到那种不可抑制的渴望，要打破他们之间的界限。当他从远处看到士兵在营房前休息时，他想对他大喊一声，或者打他一拳，就是为了让他对暴力做出某种反应。自从他第一次见到士兵，现在都快两年了。士兵被派去执行清理树林这个特殊的杂役至今也过去一个多月了。而这么久以来，他们之间的对话恐怕总共还不超过几十个字。

在十一月十二日下午，彭德顿上尉像往常一样出去了。那一天可真让他难堪。早晨在教室里，站在黑板前，就在他讲解一个战术上的问题时，他莫名其妙地突发记忆缺失。一句话讲到中间，他的大脑一片空白。不仅他讲稿中剩下的内容一个字都想不起来了，甚至连教室里那些军官学员的面孔他都感到很陌生。他的脑海里只有二等兵威廉斯的形象还清晰可见——仅此而已。一时间，他手里还拿着粉笔，就那么默然地站在那里。接着，他恢复了镇定，宣布下课。幸亏在他走神的时候，课就快结束了。

上尉沿着通向四方院子的一条人行道走着，姿势十分僵硬。这天下午的天气非同寻常。天空中阴云密布，可天空靠近地平线的下方却依然晴朗，而且太阳发出柔和的光芒。上尉摆动着双臂，仿佛它们在肘部不会弯曲，他的眼睛一直盯着自己休闲军裤的裤脚和他那擦得锃亮的尖头皮鞋。就在他走到二等兵威廉斯坐的那张长椅前面的时候，他抬起了头，盯着他看了一会儿，然后朝他走过去。士兵慢吞吞地起身立正。

"二等兵威廉斯。"上尉说。

士兵等着，可彭德顿上尉并没有接着说下去。他本打算训斥士兵违反了着装的军规。在他走近时，他似乎感到二等兵威廉斯衣服的纽扣扣得不规范。乍一看，士兵看起来似乎总是制服穿戴不齐，要么就是忘了佩戴制服某种必要的配件。可当他们面对面的时候，彭德顿上尉发现没什么可让他批评的。之所以有一种他像平民百姓那样不修边幅的印象是因为士兵自己身体本身的问题，而不是由于具体违反了哪条军规。上尉又一次默默地站在年轻人的面前，快要窒息了。在他的心中疯狂地交替涌动着长篇大论的诅咒、一阵爱的话语、一番恳求和一通谩骂。但最终，他转身走了，依然一言未发。

那一直在迫近的雨拖延到彭德顿上尉快到家的时候才下了起来。这可不是一场不温不火的冬天的毛毛细雨——它像夏季雷暴雨那般猛烈地呼啸而下。雨滴开始落在上尉身上时，他离家不到二十码远。本来只要来个短距离的冲刺，他很容易就可以到达躲雨的地方。可他拖曳着的脚步并没有加快，即便在倾盆而下的冰冷的大雨渗透进他衣服时也是这样。当他打开前门时，他神情恍惚，浑身颤抖。

　　二等兵威廉斯在空气中感觉到大雨即将来临，他就走进了营房。他在休息室里一直坐到晚饭开餐的时候，然后，在喧嚣热闹的食堂里悠闲地吃了一顿丰盛的晚餐。之后，他从自己的床脚箱里拿出一袋各种各样的一分钱糖果。他一边咀嚼着一块棉花糖，一边去了趟厕所，在那里他寻衅跟人打了一架。在他进去的时候，所有的便桶都有人在用，只有一个是闲着的，而且在他前面有一个士兵正在解裤子的纽扣。可就在那名士兵准备坐下去的时候，二等兵威廉斯粗暴地推了他一下，试图把他从蹲位上赶走。接着，他们就打了起来，有一小群人围了上来。从一开始，二等兵威廉斯就占了上风，因为他既敏捷又强壮。在打的时候，他的脸既不显得费力也没有表现出愤怒的表情；他的容貌依然是冷漠的，只有额头上的汗珠，眼中那麻木鲁莽的神情显示他在奋力搏斗。二等兵威廉斯使他的对手处于毫无还手之力的境地，当他突然自己停下手来的时候，这一架已经打赢了。他似乎完全失去了打架的兴趣，甚至都懒得去自我防卫。他被狠狠地揍了一下，头砰的一声猛烈地撞击在水泥地板上。当这一切结束的时候，他摇摇晃晃地站了起来，离开了公共厕所，甚至根本就没有用那个便桶。

　　这已不是第一次二等兵威廉斯挑衅打架了。在最近两个星期里，他每天夜晚都待在营房里，惹了很多麻烦。这是他性格中崭新的一面，完全出乎他营房里的战友们的意料。一连几个小时，他会无精打采地坐着，一声不吭，然后突然间，他会发起某种不可饶恕的进攻。他在休闲的时候不再去林中散步了，夜间，他睡得很差，噩梦中喃喃细语惹得房间里不得安宁。然而，谁也没有考虑过他的这种怪癖。在营房里有比这古怪得多的行为。一个老下士每天夜晚都给秀兰·邓波尔写一封信，使它成了一种日记，记载着他白天所做的一切，第二天早晨早餐前把它寄出去。另一名比他晚服役十年的士兵因为一个朋友不愿借给他五角钱买啤酒就从三楼的一个窗户跳出去了。同一个炮兵连有个厨子受困于一个固执的想法，总以为自己患了舌癌，无论医学上怎么排除都无法消除他的幻想。他在镜子前沮丧地苦想，把舌头伸得很长，他都能看到自己的味蕾，把自己饿得憔悴不堪。

　　打过架后，二等兵威廉斯回到寝室，在他的帆布床上躺下。他把那袋糖果放在自己枕头底下，仰面凝视着天花板。外面的雨已经减弱，现在已入夜。许多无聊的幻想左右着二等兵威廉斯的情绪。他想起了上尉，但他脑海里只浮现出一系列毫无意义的记忆图像。对这个年轻的南方士兵来说，那些军官与黑人一样，同属于模糊不清的一类——他们在他的生活中占有一席之地，但他并不把他们看作人类。他听天由命地接受上尉，就仿佛他是天气或某种自然现象。上尉的行为可能看起来出乎意料，但他并不把它与自己联系起来。他没有想过要质疑它，就像他不会质疑一场雷暴雨或一朵花的凋谢一样。

那天晚上，灯被打开，他看到黑暗中的女人正从门口看着他，打那以后，他就没有靠近过彭德顿上尉的住所。当时，一阵极大的恐惧向他袭来——但这种恐怖更多是肉体上的而不是精神上的，是无意识中的，而不是被他充分理解的。在他听到前门被关上之后，他谨慎地朝外张望，看清了外面的道路。到了林子，又安全了，他便立刻静悄悄地拼命跑起来，尽管他并不知道自己具体害怕的是什么。

但对上尉妻子的记忆却从未离开过他。他每天晚上都梦到"夫人"。就在他入伍后不久，有一次，他食物中毒，被送进了医院。每当护士走近他，他就想到女人身上的恶疾，这令他躲在被子底下发抖，因此，他宁愿在痛苦中躺上几个小时，也不愿请她们帮忙。可在触摸过"夫人"之后，他再也不怕这种疾病了。他每天给她的马刷洗，套上马鞍，然后看着她骑着离开。清晨，冬日的空气寒冷入骨，而上尉的妻子却涨红着脸，生气勃勃。她总是对二等兵威廉斯开个玩笑，或友好地打声招呼，但他从未正面看过她，也没有回应过她的玩笑和客套话。

在想到她时，他从未将她与马厩或露天联系起来。对他而言，她总是在那个他在夜晚非常出神地看着她的房间里。他对这些时光的回忆完全是感官上的。他脚下的厚地毯，那丝质的床单，那淡淡的香水的清香。还有女人肉体那令人惬意的柔和的体温，那静谧的黑夜——蹲伏在她的身边，他心中那异样的甜蜜以及身体中那绷紧着的机能。一旦体会到了这一妙处，他就无法放下了；在他的体内滋生了一种神秘的、令其欲罢不能的渴望，这种渴望一定要得到满足，就如同死亡必然会到来一样。

雨在午夜时分停了。营房里的灯早就熄了。二等兵威廉斯还没有脱衣服，雨过去之后，他穿上网球鞋，出去了。在前往上尉住所的路上，他走的还是他往常走的那条道，沿着哨所周围树林的边缘走。但今天晚上没有月亮，于是士兵走得比平时要快得多。他还一度迷了路，当他最终到达上尉家的宅子时，他却出了事。在黑暗中，他绊倒了，他一开始以为自己跌进了一个深坑。为了辨明自己的方位，他擦了几根火柴，发现自己落入了最近挖的一个洞里。那个房子一片漆黑，士兵此时划伤了，一身泥泞，上气不接下气的，他等了一会儿才走进屋子。此前，他总共来过六次，这是第七次，也将是最后一次。

彭德顿上尉正站在他卧室的后窗边上。他已经服用了三颗胶囊，但他仍然无法入睡。他喝白兰地喝得微醺，有点迷糊——不过仅此而已。上尉对奢侈品和穿着过分讲究的人异常敏感，他只穿着质量最粗劣的睡衣。他现在穿的是通常为女子室内穿的那种宽大长衣，一件本来只有新近寡居的监狱女看守才可能买的那种粗糙黑羊毛质地的衣服。他的睡裤是某种未漂白的布料做的，像帆布一样僵硬。他光着脚，尽管现在地板很冷。

上尉正听着松树林里那飒飒的风声，这时他在外面的夜色中看到一个火舌在微微闪动。仅一刹那间那火花就被吹灭了，可就在那一瞬间，上尉看到了一张脸。那张脸被火焰照亮，又消失在黑暗中，这让上尉屏住了呼吸。他注视着，能模模糊糊地看出那个越过草坪的身影。上尉紧紧抓着睡衣的前襟，手压在胸口。他闭上眼睛，等着。

起初，他没有听到什么响动。接着，他能感觉到，而不是听到楼梯上小心翼翼的脚步声。上尉的房门微微开着，透过门缝，他看到了一个黑色的侧影。他嘀咕着什么，可他的声音只是嗞嗞作响的低语声，听起来就像外面的风声。

彭德顿上尉等着。他再次闭上眼睛，心提到了嗓门眼上，痛苦地在那里站了一会儿。然后，他走出房间进了过道，看到了他寻找的那个人的影子映在他妻子房间的浅灰色窗户上。后来，他自以为，就在那一瞬间他一切都明白了。实际上，在一件令人震惊的重大而未知的事情即将发生的那一刻，由于瞬间失去了惊讶的机能，人的大脑本能地做好了准备。在那脆弱的瞬间，各种各样可能发生的事情都自动显现出来，这些事情也不完全是猜测出来的，而且当灾难自身的性质已经暴露无遗时，人们总觉得自己以某种神奇的方式早已得知此事了。上尉从自己床头柜的抽屉里拿出手枪，穿过过道，打开了他妻子房间里的灯。在这一过程中，某些潜伏着的记忆碎片——窗户上的影子，黑夜中的声音——都涌上他的心头。他对自己说他全知道。可他知道的是什么呢，他却无法说得清楚。他只是确信一切到此结束。

士兵根本来不及从他蜷伏的姿势中站起身来。灯光刺得他眼睛直眨，可他脸上却毫无畏惧；他的表情是某种一脸茫然的不悦，好像他不可饶恕地受到干扰似的。上尉可真是个神枪手，虽然他射了两枪，可留在士兵胸膛中央的却只有一个生生露出肉的孔。

手枪的爆裂声吵醒了莉奥诺拉，她从床上坐了起来。可她至此还半睡半醒，她睁大眼睛四周瞅瞅，仿佛在看戏中的某种场景，某种可怕但未必要信以为真的悲剧。几乎与此同时，兰登少校在敲后门，然后穿着拖鞋和睡袍匆匆走上楼来。上尉颓然地靠在墙上。他穿着古怪、粗劣的宽大长衣，恰似一个颓废而放荡的僧侣。即便已经死了，士兵的身体依然还是那种温暖、舒适愉快的样子。他那严肃的面孔却没有变，他那被太阳晒黑了的双手，手掌朝上伸展在地毯上，就好像他在睡觉。

"我成为自己所写的角色": 凭直觉创作的卡森·麦卡勒斯

——译后记

　　麦卡勒斯生前就曾获得过诸多赞誉, 如"美国战后最优秀的作家之一""美国最佳女性小说家""美国最重要的当代作家之一"等。说到她 1967 年的不幸去世, 传记作者凯尔总结道, "20 世纪的美国失去了其孤独的猎手"①, 遗憾之情溢于言表。所有这一切都说明, 麦卡勒斯是美国 20 世纪的重要作家之一。但重读麦卡勒斯的作品, 读者不难发现她在小说中所表达的主题思想以及所涉及的社会问题同样适用于 21 世纪的今天。例如, 她在这部《金色眼睛的映象》中所反映的同性恋或双性恋、婚外情、人与环境之间的互动(在这部小说中是人与以马为代表的动物之间的关系)、人与人之间的疏离感以及个体挥之不去的孤独感等主题都是当今社会和学界所关注的一些重要话题。因此, 回到麦卡勒斯的创作现场，重读她的作品有其现实意义。

一、卡森·麦卡勒斯其人其作

卡森·麦卡勒斯(Carson McCullers, 1917—1967)原名卢拉·卡森·史密斯(Lula Carson Smith)，1917年2月19日出生在美国佐治亚州西部城市哥伦布，父亲拉马尔·史密斯来自法国胡格诺派教徒家庭，母亲玛格丽特·沃特斯为爱尔兰裔。麦卡勒斯从小就显得与众不同，是个非常有天赋但很孤僻的女孩，因此，她的父母对其要求很敏感。5岁时，她表现出对音乐的热情，父亲就给她买了一架钢琴，她开始学钢琴；15岁时，她开始学着写戏剧和故事，父亲又给她一台打字机鼓励她写小说；18岁时，家里变卖了一枚珍贵的戒指送她到纽约的茱莉亚音乐学院学习钢琴。但不久梦想破灭，一说她当时患了风湿病需回家休养；一说原来她准备与之同住在曼哈顿的一个来自哥伦布的女孩声称学费全在地铁上弄丢了，因此，她只好放弃学习，转而工作以维持生计。不过，她确实在哥伦比亚大学和纽约大学报名参加了创意写作课程的学习。第二年，她一边同时打五六份短工，一边狂热地进行小说创作。就在她20岁生日的前夕，1936年12月，她的短篇小说《神童》，一个神童失败的故事，在《故事》杂志

---

① Alison Graham-Bertolini, "Preface", in Alison Graham-Bertolini, Casey Kayser, eds. *Carson McCullers in the Twenty-First Century*, Cham: Palgrave Macmillan, 2016, p. v.

上以她婚前姓名发表。次年秋季，她嫁给了一个佐治亚青年里夫斯·麦卡勒斯（Reeves McCullers）。

麦卡勒斯是一个值得称道的天才作家，但她的人生也不免令人心生悲怜。她一直是一个身体脆弱的女孩，在纽约期间，她儿时患上的一种疾病反复发作，这对她后来的人生产生了极大的影响。在经历1936年和1937年之间那个冬天发作的风湿病之后，麦卡勒斯人生的后30年身体一直非常虚弱，先后遭受肺炎、心脏病和瘫痪的折磨，这一切无不考验着她的生存意志。

婚后，麦卡勒斯夫妇搬到北卡罗来纳州南部城市夏洛特居住，在那里麦卡勒斯太太开始创作一部原来名为《哑巴》的小说。这部小说经编辑改名为《心是孤独的猎手》于1940年6月出版。该小说出版后得到普遍好评，尤其是读者和评论者得知其作者只是一个22岁的女孩时，更是令他们感到敬佩。实际上，在她一举成名之前的1939年，麦卡勒斯已开始构思她的第二部小说，这部小说原名为《部队哨所》，源于她丈夫对她说的一句话，即一个年轻的士兵偷窥已婚军官的住处被抓住，这个窥淫癖者在布拉格堡被捕。这就是后来的《金色眼睛的映象》的原型。这部小说先是于1940年10月至11月期间在《时尚芭莎》杂志上以连载的形式发表，后于1941年2月由霍顿·米夫林公司以书的形式出版。小说讲述的是美国南方一个陆军基地里所发生的夫妻间不忠、谋杀和性反常行为的故事，出版后批评界对此反应冷淡。多数评论者认为小说所表现的人物行为怪异、不自然，令人难以接受。与批评界对这部新小说失望相伴而来的是麦卡勒斯个人生活的不幸。在此后五年时间里，她与丈夫分居、离婚，二人于 1945 年复婚。

但麦卡勒斯个人颠沛流离期间却是她创作最多产的时期。她的小说《树·石·云》于 1942 年入选"欧·亨利短篇小说奖"。1944 年，她的《伤心咖啡馆之歌》获"美国最佳短篇小说奖"。与此同时，她开始创作《婚礼的成员》，并于 1946 年出版发行，同时与田纳西·威廉斯一道将其改编成了剧本。

此后麦卡勒斯的身体每况愈下，1947 年夏天和秋天她两度中风，第一次中风她的右眼受到伤害，第二次，她身体的一侧部分瘫痪。1950 年 6 月 5 日晚，她的剧本《婚礼的成员》在纽约帝国剧院首演，受到观众和报纸评论员的高度赞扬。但随后麦卡勒斯的身体状况和家庭变故不断困扰着她：1955 年母亲亡故，1958 年至 1964 年，心脏病、乳腺癌、瘫痪和肺炎接二连三地折磨着她。麦卡勒斯那部苦乐参半的戏剧《奇妙的平方根》正是源于这些痛苦的经历。但这个坚毅的女子仍然带病坚持旅行、接待客人，并断断续续地撰写她未完成的书稿。其间，她于 1960 年完成了小说《没有指针的钟》的创作，1961 年该小说由米夫林公司出版。1967 年 8

月，她再次因中风倒下，陷入昏迷，再也没有完全恢复意识，于当年9月27日去世。

麦卡勒斯去世后的第二年，她的《心是孤独的猎手》电影版上映。1972年她的短篇小说和非小说作品集《抵押出去的心》出版。

麦卡勒斯曾被称为是"最有争议的健在的美国作家"。有意思的是，对她发出责难的几乎都是职业书评家，而表扬她的基本上都是小说家或评论家，即学界从事教学和学术评论的人。这说明麦卡勒斯既是一位"作家的作家"（writers' writer），又是一个其作需要做"相当阐释"的人，这些阐释不是那些"大众评论者"，即那些由于其领域所限或缺乏适当的文学背景和足够知识储备的人所能做到的。对于这样一位作家，其作不能仅从现实的层面来考量，因为她的小说基本上都带有寓言的性质，关涉的是人性和人的灵魂，而不是要达到个人的目的，或推动某项计划或提出具体的改革建议[①]。

二、《金色眼睛的映象》故事梗概

故事发生在20世纪30年代美国南方的一个部队哨所。二等兵威廉斯是个安分守己的士兵，他在军营里既没有朋友

[①] Oliver Evans，"The Achievement of Carson McCullers"，*The English Journal*，51.5（May，1962），pp. 301 - 302.

也没有敌人，他被分配到马厩里工作，因为他既喜欢马，也擅长管理马。彭德顿上尉知道他的妻子莉奥诺拉有许多情人，但由于他有同性恋倾向，因此，往往对她的那些情人也很迷恋。一次，他要求派一名士兵给他收拾自己屋后的林子，结果二等兵威廉斯被派去了。彭德顿不喜欢这个士兵，因为他有一次把咖啡溅到他新买的一套昂贵的服装上。威廉斯对林子做了彻底的清理，结果砍掉了上尉想保留下来的一棵橡树的大树枝。

这天晚上，彭德顿夫妇准备招待兰登少校及其妻子艾莉森。兰登少校是莉奥诺拉·彭德顿最新的情人，而彭德顿也对他感兴趣。在他们准备接待客人的时候，彭德顿批评妻子没有穿鞋，结果她在他面前脱得一丝不挂，令上尉怒不可遏。就在她赤身裸体的时候，二等兵威廉斯从窗前经过，看到了这一幕。威廉斯此前从未见过一个赤裸的女子。他的父亲是一名圣洁堂的牧师，给他灌输的一种观念是"女人身上带有一种致命的传染病，能使男人眼瞎、腿跛、注定下地狱"，因此，威廉斯总是回避女人，事实上，也从未真正依恋过任何人。但在看到彭德顿夫妇之间发生的那一幕后，他就没有离开，透过窗户偷窥了整个晚宴的过程。第二天，二等兵威廉斯就像换了个人似的，他在想着以前自己凭冲动做过的一些事情。有一次，他买了一头他家根本不需要的奶牛；另一次是在奋兴布道会期间，他感觉受到精神感染，突然宣告他信仰上帝了；还有一次他在冲动之下犯了罪。他参军入伍也是这种自发行动的一种表现，他觉得他还会再次做这种不可预知的事情。

差不多一连两个星期二等兵威廉斯都在观察上尉家的情况及其布局。然后，在第十二个夜晚，他走近窗户朝里看，观察莉奥诺拉和兰登少校玩二十一点牌戏。莉奥诺拉打牌时连数字都不会加，还得告诉她是否赢了。兰登少校问自己的妻子那天有没有看她的朋友温切克中尉。她回答说去看了，并与莉奥诺拉谈起中尉对艺术和音乐的兴趣。

艾莉森·兰登的身体和感情都出了问题。她有心脏病，丈夫的不忠使她心情沮丧，病情加重。她的婴儿凯瑟琳三年前的夭折使她的身体极度虚弱。几个月前，艾莉森用园艺剪刀剪掉了自己的乳头。此时，她丈夫在和其情人打牌，她坐在那里织毛衣，快要流泪了。在她回家后，她的丈夫留在那里接着打牌。

兰登少校在家里就像一个局外人，他的婴儿有点畸形，这使他对这个孩子感到厌恶。妻子和她的男仆阿纳克莱托照料生病的婴儿十一个月还是没有留住这个孩子。婴儿的死对少校是个解脱，而对他的妻子却是一个沉重的打击。

少校回家时，阿纳克莱托正在一边为艾莉森准备一个托盘，一边到处跳舞。少校很恼火，当阿纳克莱托摔倒的时候，少校做着口型说："但——愿——你——摔——断——

了——脖——子。"艾莉森回忆她发现丈夫与莉奥诺拉私通时的情形。她与阿纳克莱托驱车回家时意识到莉奥诺拉和兰登一起待在黑暗中。彭德顿上尉倒是想恨艾莉森，却无法恨她，因为她有一次看到他在一个晚宴上偷了一把银质的勺子。

二等兵威廉斯开始夜间光顾彭德顿家，并蹲在莉奥诺拉的床前看她睡觉。在他触摸了她的一缕头发后，他不再担心触碰一个女人会给他带来致命的疾病。一天，彭德顿上尉到马厩去要他妻子的马——"火鸟"，威廉斯为他给马套上了马鞍。彭德顿骑术不高，很难驾驭"火鸟"，这次骑行差点要了上尉的命。他折了一根树枝狠狠地抽打马。在他躺倒在地的时候，他意识到赤身裸体的威廉斯正在看他。威廉斯把马牵回了马厩，上尉徒步回家，比他和妻子准备的一场盛大晚餐派对迟到了两个小时。

打那以后，彭德顿经常出去在路上看威廉斯。他对士兵的感情已近乎痴迷，尽管他还有心理矛盾，对士兵既爱又恨。

派对后，艾莉森无法入睡。阿纳克莱托来到她的房间，一边画水彩画一边与她聊天。他凝视着炉火，描绘着一只长着金色眼睛的孔雀，眼里映出他称之为"某种东西的那些映象，微小且——"兰登太太替他完成描述说："怪异"。

威廉斯继续造访彭德顿太太的房间。他不怎么思考过去发生的事情，甚至连他五年前为一手推车肥料而争吵，把一个黑人刺死，并把尸体藏在一个废弃的采石场这件事也不怎么想。然而，他确实开始意识到彭德顿上尉在跟踪他。

一天夜晚，在艾莉森看到威廉斯溜进彭德顿家之后，她过来告诉上尉有人进了他家。彭德顿不相信她说的话，而且到处传言说她已彻底疯了。此后，艾莉森断定她必须离开她的丈夫，于是，她和阿纳克莱托整理行装准备走。兰登少校以此为据认为她真的疯了，并把她送到弗吉尼亚的一家疗养院。两天后，她就在那里死于心脏病发作。阿纳克莱托随后就走了，再也没人听到他的消息。少校为他妻子的死而悲痛，更多的时间是待在家里。

威廉斯第七次来到彭德顿家，这次上尉看到他来了。他进了妻子的卧室，开枪打死了那个他为之痴迷的士兵。

三、《金色眼睛的映象》主题及创作特色

迄今为止，对麦卡勒斯作品的研究主要围绕着三个方面展开：青少年、精神隔离和妇女身份，而所有这些都与"畸人"（the grotesque）有关。塑造畸人形象似乎是美国南方文学的传统，中国读者相对熟悉的作家如福克纳、韦尔蒂[①]、奥康纳、田纳西·威廉斯，当然还包括麦卡勒斯本人，他们

---

① 尤多拉·韦尔蒂（1909—2001），美国当代著名女作家，被誉为短篇小说大师。

的作品中无不以畸人形象给读者留下深刻的印象。麦卡勒斯认为，陀思妥耶夫斯基、托尔斯泰、契诃夫和屠格涅夫等俄国现实主义作家以及法国的福楼拜是美国南方畸人文学的先驱，她暗示自己也受他们的影响。她本人的作品通常被贴上似乎相互矛盾的标签："现实主义的""哥特式的"和"怪异的"[①]。

麦卡勒斯小说的中心主题是人在现代社会中挥之不去的孤独感，而这一主题主要是通过类似于略早于她的前辈作家舍伍德·安德森笔下的"畸人"形象反映出来的。安德森的小说塑造了一批极度渴望爱与自由，但又自我封闭，不善交流的"畸人"，同样，麦卡勒斯小说中的人物通常也是那些被家庭或社会遗弃的人（outcasts）和与环境格格不入的人（misfits），这些人渴望爱，有时是畸形的爱，但从未得到满足。从她22岁时完成的第一部小说《心是孤独的猎手》起，她便开启了对这一主题的探索。她后来发表的小说，虽形式不同，但始终没有脱离这一主题。这些作品包括《金色眼睛的映象》《婚礼的成员》《伤心咖啡馆之歌》和《没有指针的钟》等。

同麦卡勒斯的其他小说一样，《金色眼睛的映象》也围绕着孤独和欲望这两个突出且密切关联的主题展开。而造成

---

① Sarah Gleeson-White，*Strange Bodies: Gender and Identity in the Novels of Carson McCullers*. Tuscaloosa：The University of Alabama Press，2003，pp. 122 - 123.

人的孤独和欲望受阻的原因就是隐藏在其背后的所谓正常与"另类"之间的尖锐对峙。换言之，小说探讨的是正统与非正统、常态与异端，或传统与离经叛道之间的张力，借此昭示这样一个道理，即人若违背其本性，过分追求从众，必然会带来问题。人总是被要求要顺从社会，遵守传统的行为准则，这一社会要求的必然结果就是造成对人性的压抑。对人过分严苛的要求其结果往往适得其反。从这个意义上来说，小说似乎批判的是整齐划一、死水一潭的社会环境，以及刻板、教条的社会规范对人性的遏制，以及由此造成的严重后果。就此而论，麦卡勒斯将小说的背景设置在陆军基地的一个哨所就再合适不过了，因为在这样一个封闭和要求特殊的环境中，更容易造成人性格的裂变。小说开篇就将读者带入这样一个枯燥乏味、令人压抑的小世界："和平时期的部队哨所是一个枯燥乏味的地方……驻地的总体规划本身令它更加单调乏味——混凝土结构的巨大营房、建得一模一样的一排排整齐划一的军官屋舍、体育馆、小教堂、高尔夫球场、游泳池——所有这些都是按照一个死板的模式设计的。"①在这样一个"沉闷无聊"和"与外界隔绝的"环境中，人们"只需照着前人的样子循规蹈矩地行事即可"②。

①② Carson McCullers, *Reflections in a Golden Eye*, in Carlos L. Dews, ed., *Carson McCullers: Complete Novels*, New York: Literary Classics of the United States, Inc., 2001, p. 309。

但具有讽刺意味的是，在小说中这个要求人人顺从、守规矩的小社会里，几乎个个都不合常规，乃至成为离经叛道的畸人：韦尔登·彭德顿上尉，一个具有施虐和受虐狂以及隐性同性恋倾向的军官；他的妻子莉奥诺拉，一个与莫里斯·兰登少校有私情的几乎有点弱智的女子；少校的妻子艾莉森·兰登，因为遭受自己的婴儿凯瑟琳夭折以及丈夫出轨等打击而自残，难以抚平的心灵创伤使她行为异常，最终在疗养院死于心脏病；彭德顿家的用人阿纳克莱托，一个崇拜艾莉森，也被艾莉森待之如友，却有性错位倾向的菲律宾人；二等兵艾尔基·威廉斯，一个具有窥淫癖倾向的士兵，最终死于上尉的枪下。

小说第三章出现的那个与小说题目"金色眼睛的映象"有关的一幕就是这个畸形社会和生存其中的畸人的象征：艾莉森的菲律宾男佣阿纳克莱托眼睛盯着壁炉中的小火苗说道："一只孔雀，颜色绿得有点怕人。长着一只巨大的金色眼睛。眼睛里是某种东西的那些映像，微小且……怪异"。在这里，壁炉中的火具有某种镜像功能，它折射出一只孔雀及其金色眼睛中的映象。应该特别引起注意的是，这种奇异的映象是艾莉森和她的用人阿纳克莱托共同发现或构建的。尽管在小说中他们本身也未必正常——艾莉森神经衰弱，有自残和自杀倾向，而阿纳克莱托满身女人气，但在麦卡勒斯的笔下，这两个人往往能看清事物的本质，而他们也是受压迫最深，最值得同情的人物。至少在这二人的眼中，他们周围的世界是畸形的，是充满着肉欲的动物世界：有盗窃癖、同性恋和虐待狂倾向且药物上瘾的彭德顿上尉；带有性受虐倾向的窥淫癖者二等兵威廉斯；上尉那个性感且水性杨花但似乎有点弱智的妻子莉奥诺拉，以及她新近的情人莫里斯·兰登少校——艾莉森那个麻木不仁的丈夫。在艾莉森和阿纳克莱托看来，火中折射的就是这些畸人的映象。因此，我们可以说，"金色眼睛的映象"是小说中所描绘的畸形社会的象征。

小说中的韦尔登·彭德顿上尉是这个畸形小社会的代表，与外部"常态"世界中的"常人"相比，他是个典型的"另类"，至少在性取向上如此：

> 他的个性在某些方面不同寻常。他与存在的三个基本要素——生命本身、性和死亡——之间的关系处于一种稍显古怪的状态。在性方面，上尉在其自身内部谋求男性与女性要素之间的一种微妙的平衡，对两性都有敏感之处，但对二者又都缺乏活力。……他有一种悲哀的倾向，逐渐迷恋上他妻子的那些情人。

他对妻子的情夫莫里斯·兰登少校既妒忌又依恋，而对夜闯其宅，偷窥他妻子的二等兵艾尔基·威廉斯由厌恶逐渐转为痴迷，这些在常人看来都是他在性取向上不正常的表现，但他最终似乎接受了本真的自我。可见，压抑的环境极易造成人性的扭曲，二等兵威廉斯和彭德顿上尉都扼制自己的性欲，结果造成前者被后者所杀。彭德顿上尉由于自己的同性恋倾向，与妻子虽在同一屋檐下，却长期分居两室，无夫妻之实，将妻子推向一个又一个男人的怀抱，也给艾莉森这种无辜的人带来极大的痛苦。兰登少校是个麻木不仁、十分粗野的人，他既不是一个真正的丈夫，也不是一个称职的父亲，而是移情别恋，与莉奥诺拉私通。即便对情人他也并没有真情实感，对他而言，与莉奥诺拉发生关系，"那就像野外军事演习"。受到丈夫冷落的艾莉森体弱多病，神经衰弱，直至自残。

在少校看来，他家的那个男仆菲律宾人阿纳克莱托属于另类，因为作为一个用人，他却喜欢舞蹈和绘画，这在他看来就是瞎胡闹，因此，他说"一个二十三岁的成年男子跟着音乐到处跳，胡乱摆弄水彩颜料，我似乎总是觉得有点令人讨厌"。他认为部队"有可能把他培养成一个男人"："在部队里，他们会把他弄得精疲力竭，他会很悲惨，但即便这样，我似乎都觉得要比原来那种生活强。"少校对阿纳克莱托的观点引起上尉对自己的反思，使他产生了一种类似顿悟的感觉，他猛然觉得在别人的眼里，他也像阿纳克莱托那样不受人待见，是另类。但这样所谓不正常的人是否就不该获得幸福呢？他对此不以为然，于是，他反问少校："你的意思是，……以牺牲常态为代价而获得的任何成功都是错误的，因而也不应该容许给人带来幸福。总之，这更好，因为宁愿让方木栓不停地刮擦圆孔也不去寻找并使用适合它的非传统的方孔，这在道德上是值得尊敬的，对吧？"显然，他并不认同少校的观点，正是此刻，在反思自己形象的时候，他发现了自我，并坚定地表达了对自我形象的认同："上尉突然间十分可怕而又清晰地窥探到自己的灵魂，看到了自己。至少这一次，他不再以别人的眼光来看待自己；突然间一个扭曲的玩偶形象浮现在他的眼前，面容猥琐，体形怪异。上尉凝视着这一幻象，毫无怜悯之情。他对此信以为真，既不改变也不推脱。"这表明，他对自己的这一形象并不表示惋惜和同情，而是一种认可，乃至坚守。由此我们可以看出，作者麦卡勒斯对所谓的正常或常态是持否定态度的。

实际上，麦卡勒斯认为正是所谓"常态"的要求才导致人的畸变。例如，威廉斯在哨所里既没有朋友也没有敌人，原本过着清清白白的生活，不喝酒、抽烟，也不赌博，更不与人私通，但自从他无意间看到莉奥诺拉赤裸的身体后，他就迷恋上了这个女子，开始夜晚潜伏在她的床边，看她睡觉。他此前从未见过一个裸体的女人，因为他是在一个全是男性的家庭由父亲养大成人，父亲告诉他女人都带有致命的疾病，所以从八岁开始，他就不愿与女人接触。这说明，威廉斯的反常行为恰恰是"正统"教育给他的成长埋下了祸根，而后来单调乏味、循规蹈矩的环境使他的人生开出了畸形的花朵，最终结出了恶果。

小说似乎要表达的是，人只有冲破"常态"的羁绊才能获得自由和快乐。例如，上尉在无法控制那匹脱缰的马——"火鸟"，感觉到"我完了"的时候，他突然间产生了一种死亡的冲动以及由此带来的愉悦：

　　由于不再指望能够活下来，上尉反而突然开始体验起人生的乐趣。他周身涌动起一阵巨大的狂喜。这种情绪就像那匹马挣脱后突然猛冲一样出乎意料地涌来，这是上尉从未体验过的。他的眼睛半睁着，目光呆滞，就像正处于谵妄状态，但他却突然看到了此前从未见过的东西。这世界就是一个万花筒，在那千奇百怪的幻象中，他所见到的每一幕都像火光一样生动地映在他的脑海中。地面上，有一朵一半掩埋在树叶中的小花，白得耀眼，形状优美。一颗多刺的松果，在微风吹拂的蓝天中一只飞翔的鸟，在绿色的幽暗中射出的一束炽烈的阳光，这些上尉似乎都是平生第一次看到。他嗅着那纯净而清新的空气，他对自己紧张的身体，剧烈跳动的心脏，奇妙的血液、肌肉、神经和骨骼都感到惊讶。上尉此时已然不知恐惧为何物；他的意识水平已上升到罕见的高度，在这样的高度神秘主义者会感到普天下都是他的，而他就是普天下。他侧身紧贴着脱缰的马，血淋淋的嘴巴发出狂喜般的大笑。

在这里，"万花筒"般"千奇百怪"的世界与哨所那单调乏味的环境形成了鲜明的对照，给上尉留下鲜活而深刻的印象，"千奇百怪"或许才是真实的世界。上尉在面临死亡时对大自然中的一切及其自身有一种前所未有的全新体验，这一切令其耳目一新，竟然爆发出一阵狂喜。这种狂喜源于他对生的放弃而获得的自由感，因为他感到活在这个世界上受到多种"正常"规范的约束。而在这种状态下，他才感到自己与大自然融为一体，甚至感到自己是宇宙的主宰："他就是普天下。"

与此相关的是麦卡勒斯对人与自然之间关系的思考。

在对大自然过度开发，物种灭绝加速，生态危机日益严峻的当下，人与大自然及其所有生物如何和谐相处引起了人们前所未有的关注。在文学阅读和批评上，人们开始从生态的角度来解读文学作品，一时间，生态批评成为文学批评中的一个"热词"，越来越多的人开始从这一跨学科的视野来审视小说、诗歌和戏剧文本。从时髦或曰应景的角度来看，对这部《金色眼睛的映象》做生态批评也不失为一个有效的阅读视角。作者麦卡勒斯在小说一开始就将故事中的那匹马

"火鸟"视为整个故事的参与者，而不仅仅是作为一个动物来看待："几年前，在南方的一个驻地就曾发生过一起谋杀案。卷入这起悲剧的有两名军官、一个士兵、两个妇女，一个菲律宾人，还有一匹马。"尽管这匹名曰"火鸟"的马被排在所列人物的最后面，但它在小说中的作用却不可小觑。至少它在小说中的三个人物——"火鸟"的主人莉奥诺拉、莉奥诺拉的丈夫彭德顿上尉和士兵艾尔基·威廉斯——之间建立了某种联系。这三者之间若即若离的关系、他们之间微妙的感情乃至他们的内心世界往往是通过这匹马表达出来的。最典型的莫过于彭德顿上尉虐马的那一幕，在他骑着"火鸟"飞驰的过程中，

这时候，在事先丝毫没有勒紧缰绳的情况下，上尉突然猛地将马拉起来。他把缰绳拉得如此突然而猛烈，以致"火鸟"失去了平衡，向侧面踉踉跄跄地跑，然后扬起前蹄。接着，它颇为平静地站着，虽受了惊吓但还温顺。上尉感到极其满足。

这一过程重复了两次。上尉让"火鸟"的头部刚刚激起一点自由的快乐，然后又毫无征兆地遏制它。这种行为对上尉来说并不新鲜。他在生活中常常给自己强加许多奇怪而神秘的小惩罚，这种苦修式的行为他原本会发现是很难向别人解释的。

从宏观上来说，这一幕表达了人类自以为是的一面，因为人总以为自己是莎士比亚所说的"宇宙的精华，万物的灵长"，因此，他们试图征服大自然，维持自己想象中的崇高地位，并从中得到快乐。小说中的马便是大自然的代表，上尉从征服马中获得满足感。从微观的角度来说，这也是上尉内心世界的反映，实际上，上尉试图通过征服马来压抑自己的同性恋的倾向。他把马视为自己的另一面，惩罚马是他自我惩罚的另类表现，或者说是他"苦修"心理的外露。其实，上尉对"火鸟"充满着敬畏，在骑马前，他从"马那紫色的圆溜溜的眼睛"中，"看到了清澈的马眼睛里映出来的自己那张惊恐的面孔"。而且"上尉一直害怕马：他骑马……是他自我折磨的方式之一"。由此看来，小说通过上尉无意识中对马的认同打破了人与动物之间的界限，在一定意义上来说，马促使上尉审视自己的内心世界，将他日常"很难向别人解释的"那种"奇怪而神秘的小惩罚"外化为虐马，以发泄内心的苦闷。上尉"这种苦修式的行为"不仅加速了他的自我认知，小说通过这种方式也使读者得以窥探到他内心的挣扎。

上尉内心的苦楚及其变态行为均源自他从未得到过真爱。"少年时代，他是由五个老姑娘姨妈养大的。……然而，她们把他这个小男孩当作一种支撑，来举起她们自己沉重的十字架。上尉从未体验过真爱。"爱虽然有其缺陷，但无论如何它都能给人带来某种慰藉。这使我们想起麦卡勒斯的第一部小说——《心是孤独的猎手》，这部小说给人带来寓言式的启示是："虽然爱是唯一将人结合起来的力量，但爱从来就不完全是相互的，而且受制于时间，随着爱的对象的死亡而衰微。唯一令人宽慰的是，爱，当它在延续时，有益于爱恋的人，给他提供暂时的安慰，使他免于孤独。"①同理，尽管二等兵威廉斯根本无视上尉，但无论如何，他都曾给上尉带来过慰藉，至少使他有了迷恋的对象，使他在孤寂的生活中有一个追求的目标，但随着他的死亡，上尉的人生将一无所有。

下面简单谈一谈学界对《金色眼睛的映象》的接受情况及其创作特色。

麦卡勒斯的第二部小说《金色眼睛的映象》因其涉及病态而让人压抑的主题以及小说的一些丑陋怪异的人物而常常遭到人们的严厉批评。批评者往往认为麦卡勒斯只对人性的阴暗面感兴趣，作为证据，他们会列举小说中这样一些情节，例如，艾莉森·兰登用园艺剪刀把自己的乳头剪掉，以及韦尔登·彭德顿把一只小猫塞进冰冻的邮箱里等等。但也有人为此辩护，例如，麦卡勒斯的朋友，戏剧家田纳西·威廉斯，在这部小说 1950 年版的前言中解释说，这个世界本身

①　Oliver Evans, "The Achievement of Carson McCullers", in *The English Journal*, 51.5 (May, 1962), p. 303.

就充满着病态和怪诞，麦卡勒斯只不过把这些特点压缩到一个很小的空间，因而加深了它们的印象而已。赞赏者称赞这部小说的简洁，在一百页左右的篇幅中，麦卡勒斯至少对三个人物——彭德顿上尉、二等兵威廉斯和艾莉森·兰登做了全面的描写。即便一些次要人物也描写得十分生动，例如，艾莉森的那个男仆，菲律宾人阿纳克莱托。他崇拜并模仿他的女主人，甚至在她生孩子时都和她一起用劲。他对她的忠心既令人钦佩，也显得有点变态。

就创作手法而言，麦卡勒斯的这部小说虽谈不上有什么意识流小说的特色，但她着重人物的心理描写，往往在讲述故事的过程中突然插叙，或回忆过去发生的事情，或对人物的过往做一个补叙。这有利于读者理解故事的来龙去脉、事情发生的起因或人物性格形成的原因等。例如，在小说第二章，艾莉森看到丈夫与其情人愉快地玩着纸牌戏的时候，她闷闷不乐地起身独自回家了，兰登少校也很不情愿地跟着离开了。可就在他离开前，他站在彭德顿夫妇的屋前陷入了沉思，回忆起他死去的婴儿以及艾莉森分娩时的情绪。这段回忆不仅能让读者了解到艾莉森遭受的打击、兰登少校对家庭的不负责任，还展示了阿纳克莱托对艾莉森的忠诚及其可笑的一面——医生让艾莉森分娩时用劲，他也跟着用劲，还不断恸哭。

从最根本的意义上来说，《金色眼睛的映象》探讨的是遏制性欲望会带来怎样的恶果。为此，麦卡勒斯试图将福克纳、福楼拜和劳伦斯嫁接起来，集三者小说主题和创作技巧于一身。但有论者认为她对这一主题采取了三种"互相矛盾的态度"。或者说，小说中有三个不同身份的人在讲故事，他们发出了三种不同的声音。第一个是作为"客观叙述者"出现的，这个叙述者以一种"超然而刻板的姿态"介绍故事情节："短小的句子、经过精心雕饰的段落，对一切不可思议和平凡的事情都报以镇定而单调一致的回应"。为了使故事显得更加逼真、可信，小说中的许多细节都取材于部队生活的第一手资料，例如，各种军衔、营房里的设施和布局、军人的服饰和佩戴的徽章等。与这种新闻报道式的叙述者同时存在于小说中的是一个"讽刺者"。讽刺者的目的就是要诋毁其所见到的每个人，驳斥他们的各种恶习或罪恶——虚荣心、道德感缺失和自欺欺人的行为等。例如，性感而水性杨花的莉奥诺拉被描写成一个弱智乃至愚蠢的女子，为感谢她叔叔送给她一张生日支票写个短笺都令她几乎到了脑力衰竭的程度；她的丈夫，彭德顿上尉，俨然是个信息资料库，但他无法将两个事实联系起来从而形成一个概念或想法，而且他全然无视自己生理上的冲动；不动脑筋的兰登少校的人生格言就是"强身健体，报效祖国"；二等兵威廉斯做任何事情都没有规划，都处于"奇怪的恍惚状态"，直到行动的那一刻，"他心中那朦胧的印象才凝聚为一个想法"。小说中的

148

第三个声音属于那种"创造神话的探索者"，这个探索者从那种古怪的、家长里短的日常事件中却看到了宏大的冲突——"意志与本能、人为的与自然的、死亡与生命"等[1]。

上述对《金色眼睛的映象》的分析应该说是到位的，但论者的结论是麦卡勒斯在小说中的三个态度是相互矛盾的，不仅如此，他还认为"这部小说根本没有与任何世界，无论是真实的世界还是想象中的世界，建立可信的联系，而且它对人体病理学的理解糊涂到了毫无意义的程度"[2]。这种评价与其具体分析是矛盾的，它是该小说出版初期批评界对此持否定态度的典型表现。实际上，所谓互相冲突的三种态度恰恰是这部小说文学价值的体现，反映了隐藏在看似简单的故事表层之下作者复杂的艺术构思和匠心独运之处。如果我们接受上述"矛盾说"，那么，这不仅似乎无损于《金色眼睛的映象》，反而彰显了这部小说的多重意义。这说明不仅普通读者可以把这部小说作为一种消遣来阅读它，而且文学研究者也可以以此为文本作深入探究，因为小说虽然讲述的是部队里的一些琐屑乃至怪异的事件，但揭示的是人内心深处的矛盾和苦楚，更是对人性的深层透视。

对人性的探索无法回避社会因素。《金色眼睛的映象》

---

[1] Lawrence Graver, *Pamphlets on American Writers: Carson McCullers*, Minneapolis: University of Minnesota Press, 1969, p. 22.

[2] Lawrence Graver, *Pamphlets on American Writers: Carson McCullers*, p. 22.

中那些"畸人"是社会环境造就的，是遭到社会压制和被边缘化的结果。社会使他们行为怪异，而他们的不当言行反过来又遭到社会的惩罚，从这个意义上来说，小说中的那些畸人发挥着批判社会的功能，是对造成他们边缘化的那个社会的一种"深刻批判"①。

学界一般认为《金色眼睛的映象》是一部心理现实主义小说。从某种意义上来说，它是一部畸人志，描写的是畸形的爱：兰登少校和莉奥诺拉互相吸引，但属于婚外情；彭德顿上尉是个痴迷威廉斯的同性恋者；威廉斯入室偷窥上尉的妻子莉奥诺拉以此表达对她的迷恋；艾莉森爱自己夭折的婴儿凯瑟琳。上述的"爱"除了兰登少校和莉奥诺拉之外，都没有得到回报，但莉奥诺拉似乎是个连"十四加七等于多少"都不知道的弱智女子，而少校恰恰看上了她这点。所有这些人最后都被爱所毁。麦卡勒斯通过这种爱而不得，甚至被爱所毁的描写表达的是人深深的孤独感。小说中种种畸形的爱实际上是人们渴望沟通、排解内心苦闷的方式，但这种爱不可避免地以失败而告终，最终使他们更加孤独，心灵更加扭曲，成为"畸人"和"孤独的猎手"。

但实际上，《金色眼睛的映象》兼具社会和心理现实主义的特征，同时又带有美国南方哥特式小说创作的遗风，更

---

① Sarah Gleeson-White, *Strange Bodies: Gender and Identity in the Novels of Carson McCullers*. Tuscaloosa：The University of Alabama Press, 2003，p. 121.

有麦卡勒斯本人独特的"直觉"引领下的浪漫主义风格。在谈到创作时，麦卡勒斯说："人是基于某些关于交流与自我诠释的潜意识需要而写作的，写作是一场漫游、做梦的营生。"[1]这说明，她的创作既是为了交流，也是出于"自我诠释"的需要，而这些都来自她的潜意识。换言之，麦卡勒斯是个凭直觉写作的作家，她的创作直接源于她本人的切身体验，而当她在创作时，她又将自己化为小说中的人物，对他们的经历和痛苦感同身受。或许正是基于自己的体悟，麦卡勒斯对所谓的"畸态"有她独特的看法："人对畸态的指责无从申辩。一位作家，他只可以说自己是循着潜意识里那稍后会抽芽开花的种子在写作。大自然的万事万物都不是畸态的，只有枯燥无味才是畸态。任何脉动着的、挪动着的、在房间里四下走动着的，不管是在做些什么，对作家而言，就是自然和人性的。"(《创》：203)这里的"潜意识"就是麦卡勒斯所强调的作家的"直觉"，而在直觉引领下作家所创作的那些在"规范"这个过滤镜下被视为"畸态"的东西在她看来都是"自然的"，也是符合人性的。至于她笔下的人物，诸如《心是孤独的猎手》中那个聋哑男人约翰·辛格和《金色眼睛的映象》中的彭德顿上尉，她认为这些只不过是

---

[1]　卡森·麦卡勒斯《创作笔录：开花的梦》，收入文泽尔译《抵押出去的心》，人民文学出版社，2016年，第204页。后文出自同一著作的引文，将随文标出该著名称首字和引文出处页码，不再另注。

"符号——关于残障和阳痿的符号",而"符号启发故事、主题和事件,它们如此交织混杂在一起,以至于人们没有办法弄清,这种'启发'究竟从何开始"(《创》:203)。其实,麦卡勒斯所说的这个不知从何而来的"启发"就是她的直接体悟。在直觉引领下,她的那些切身体验便幻化成她笔下一个个鲜活的人物,而在创作时,她已全身心地融入她自己所要塑造的人物中了:"我置身于所写的角色里,太过于浸身其中,于是他们的行动也变成了我自己的。当我在写一个小偷时,我就成为一个小偷;当我在写潘德腾①上尉时,我就成为了一个同性恋男人;当我写一个聋哑人时,我就在故事进行中变得不能说话。我成为自己所写的角色"(《创》:203—204)。换个角度来说,她实际上是把她自己写进了她的作品中,这一切都基于她自己的多重人格和她的切身体会。

《金色眼睛的映象》以寓言和哥特传奇的形式曲折地反映"常态"社会挤压下的畸人,以锐利的笔触直抵人物的内心深处,再现他们压抑已久的欲望,昭示这种无法排解的本能欲念可能带来的严重后果。囿于特定的社会和文化语境,我们可以说,作家本人也是一个欲念受阻的人,至少她的表达欲无法得到充分释放,因此,她巧妙地将现实与幻想、惯常与奇异的现象糅合在一起,以期传达人物内心那难以名状

---

① 引文原文如此,本书采用"彭德顿"这个译名。

的欲望和他们之间复杂的情感纠葛。这便造成了她的作品给人带来威廉斯所说的那种感觉——"神秘"和"无法言传"[1]。在《金色眼睛的映象》中,似乎所有被描写的对象都是主角,包括那位菲律宾用人,甚至那匹马都有传神的表现。但从某种意义上来说,小说中又没有主角,它是一部畸人志,描写的是一个社会群体,乃至涵盖以马为代表的自然群落,正如小说题目中那个复数的"映象"(reflections)所暗示的,也正因为如此,小说才显得更有艺术价值,更具有社会意义。

2018 年 5 月于魔都多风的松江大学城

---

[1] Delma Eugene Presley, "The Moral Function of Distortion in Southern Grotesque", in *South Atlantic Bulletin*, 37.2 (May, 1972), p. 40.

Carson McCullers
REFLECTIONS IN A GOLDEN EYE
根据 The Library of America 2017 年版译出

图书在版编目(CIP)数据

金色眼睛的映象/(美)卡森・麦卡勒斯
(Carson McCullers)著;孙胜忠译. —上海:上海译
文出版社,2021.12
(麦卡勒斯文集)
书名原文:Reflections in a Golden Eye
ISBN 978 - 7 - 5327 - 8689 - 3

Ⅰ.①金… Ⅱ.①卡…②孙… Ⅲ.①长篇小说-美
国-现代 Ⅳ.① I712.45

中国版本图书馆 CIP 数据核字(2021)第 254506 号

金色眼睛的映象
[美]卡森・麦卡勒斯 著 孙胜忠 译
责任编辑/管舒宁 装帧设计/张志全工作室

上海译文出版社有限公司出版、发行
网址:www.yiwen.com.cn
201101 上海市闵行区号景路 159 弄 B 座
江阴市机关印刷服务有限公司印刷

开本 787×1092 1/32 印张 5.75 插页 5 字数 92,000
2022 年 4 月第 1 版 2022 年 4 月第 1 次印刷
印数:0,001—6,000 册

ISBN 978 - 7 - 5327 - 8689 - 3/I・5361
定价:59.00 元